Wolf Moser · Der Fall Velázquez

Wolf Moser

Der Fall Velázquez

Antworten

Weitere Informationen über den Verlag und sein Programm unter:
www.allitera.de

Bibliographische Information der Deutschen Bibliothek

Die Deutsche Bibliothek verzeichnet diese Publikation
in der Deutschen Nationalbibliographie;
detaillierte bibliographische Daten sind im Internet
über ‹http://dnb.ddb.de› abrufbar.

2. Ausgabe Januar 2006
Allitera Verlag
Ein Imprint der Buch&media GmbH, München
© 2005 Buch&media GmbH
Umschlaggestaltung: Kay Fretwurst nach einem Entwurf des Verfassers
Herstellung: Books on Demand GmbH, Norderstedt
Printed in Germany · ISBN 3-86520-138-5

Vorbemerkung in eigener Sache

Der ›Fall Velázquez‹ antwortet zum einen auf die Unmöglichkeit, die knapp siebenhundert Textseiten des Originalmanuskripts bei einschlägigen Verlagen zu veröffentlichen. Ungeachtet positiver Stellungnahmen und Zusagen, sind mittlerweile vier Jahre ergebnislos vergangen.

Zum anderen ist ein Kölner Kunstverlag in dieser ganzen Zeit am Manuskript interessiert gewesen, nachdem dort ein Gutachten eingeholt worden war. Auf seiner Grundlage hatte es im November 2002 eine Absprache gegeben: eine Kürzung um 150 Seiten, die ich selber vornehmen würde, sollte zur Veröffentlichung führen. Zehn Monate später erfolgte ein Umschwung – keine Absage, aber der Rat, andere Verlage anzusprechen. Bis in den Sommer 2005 haben Auszüge oder das Manuskript insgesamt die Runde gemacht: der ›Velázquez‹ hat Lob gefunden, sogar Anteilnahme dort, wo er gelesen wurde, aber keinen Veleger.

Die hier vorgelegte Auswahl und der Zeitpunkt des Erscheinens sollen meine Urheberschaft an einer ungewöhnlichen Vorgehensweise sichern und den zeitlichen Vorsprung ihrer Erkenntnisse belegen. Die Herausgabe vorab bestimmt eine aus Köln für den Herbst angekündigte, andere Veröffentlichung.

Lyon, im Juli 2005

Inhalt

Vorbemerkung in eigener Sache 5

Zu diesem Buch 9

Einführung 13

  I Die Abenteuer der Venus 19
  II Ein »Trojanisches Pferd« 33
  III Der ungleiche Einklang 47
  IV Die offene Frage 65
  V Die Kunst des Fügens 79
  VI Versuch über den Maler 121

Zeittafel und Werkverzeichnis 127

Ver, por acá no ay cosa de que poder abisar a V.m. sino que Dios nuestro Sr. me gde. muchos años como desseo Md. y Jullio 3 de 1660—

d. V. m.

q. l. m. b.

Diego de Silva
Velazquez

De Diego Valentin Diaz

Zu diesem Buch

Die folgenden Seiten sind ein Fragment des Versuchs über Velázquez. Seine Erstfassung liegt abgeschlossen vor seit Jahresbeginn 2001, als Summe von gut vierzig Jahren unabhängigen Forschens. In den zwölf letzten hat es die Arbeit am Manuskript begleitet.

Das Ergebnis geht hinaus über eine subjektive Annäherung mit neuen oder entgegengesetzten Ansichten zum Meinungsspiegel im Schrifttum. Angesichts von Rätselraten oder Ratlosigkeit vor der Hinterlassenschaft und, insbesondere, dem Schlußpunkt in »*Las Meninas*«, hat Velázquez ohnehin sämtliche Methoden der Kunstgeschichte in Frage gestellt. So bin ich für einen frischen Ansatz den einfachsten Weg gegangen: Die Gesamtheit der Gemälde nach einem Zugang zu befragen.

Das Vorgehen war freilich eine Unterwerfung unter das einzelne Kunstwerk, nicht seine Eroberung. Bilder und Schaffen wurden nicht »bewältigt«. Eher belauscht. Ein langer Umgang mit jeder Leinwand folgte, anfangs absichtsvoll beiläufig. Wieder*sehen* hat die Auseinandersetzung getragen und vorangetrieben; die Rückkehr, nach Jahren oder stetig über lange Zeiträume, öffnete neue Blickwinkel. Der Verzicht, *eigene* Antworten in das Sinngefüge auf der Leinwand *hineinzutragen*, sollte das Sehen hinleiten zu mehr Buchstäblichkeit.

Eine derartige Annäherung hat inzwischen Thierry Greub gefordert, und zwar ebenfalls im Hinblick auf den Spanier. In *Spiegelungen von Las Meninas* faßt Greub über *die sich selbst generierende Methode* zusammen: »Das Idealziel wäre aber erst dann erreicht, wenn die Kunstgeschichte an jenen Punkt gelangte, an dem die Interpreten die Kunstwerke selber ihre Methoden und Deutungen hervorbringen lassen würden.« (In: *Las Meninas im Spiegel*

▼ Briefschluß mit Datum und dem Namenszug des Malers in einem Brief vom 3.7.1660 an Diego Valentín Díaz

◀ Text von fremder Hand mit falscher, nachträglicher Signatur im Bildnis von Papst Innozenz X. (Rom, *Galleria Doria Pamphilj*)

der Deutungen – Eine Einführung in die Methoden der Kunstgeschichte, Berlin 2001, S. 25)

Wenn dieser Punkt das *Idealziel* wäre, hat es meine Arbeit – *Diego de Silva Velázquez – Das Werk und der Maler* – bereits vor Jahrzehnten erreicht. In der Tat haben die Kunstwerke das Vorgehen gerechtfertigt und von sich aus Deutungen preisgegeben. So gilt der Untertitel »Antworten« in erster Linie der Anhäufung notorisch offener Fragen in der Fachliteratur. Den Übelstand kennt jeder Eingeweihte; er verhindert seit langem neue Ansätze oder ein Ausgreifen im Wissensstand. Die gewichtigste Neuerscheinung in Frankreich zum Velázquez-Jahr 1999 hatte anschaulich das Dilemma offenbart. Über die Drei-Kilo-Veröffentlichung schrieb *Le Monde* am 15.5.1998 (S. IX) im Hinblick auf die fehlenden Einsichten: »So illusorisch die Hoffnung auch sein mag, man kann sich nicht damit abfinden, nirgends voranzukommen im Verständnis, und Velázquez endgültig für nicht faßbar zu halten.«

Zähes Ausspähen sämtlicher Originale des Spaniers erlaubte, weiter vorzudringen. Mit den Zielen des Künstlers sind die Mittel aufgespürt, sein Listenreichtum und eine Fülle nie erkannter Fährten zum Sinngehalt. Das Gebäude der Hinterlassenschaft ruht auf einer einzigartigen Gedankenwelt, und für das Schaffen stellen sich eine eigene Logik und innere Geschlossenheit heraus, die in der Kunstgeschichte einmalig sind. Doch Winke zum Verständnis, obwohl offen ausgebreitet in Selbstzitaten, werden beharrlich übersehen. Eine zähe Suche nach Fremdeinflüssen hat seit je die velázquezschen Ideen verfehlt.

Die Heimlichkeit ist unter ihnen der unbeachtete Grundzug: das Werk scheint bestimmt vom Streben nach Zurückhaltung. Diese Eigenschaft, den Abstand des Schöpfers zum eigenen Werk *und* zum Beschauer, hatte schon 1628 ein flämischer Maler erkannt. Von Peter Paul Rubens überliefert Francisco Pacheco den Halbsatz[1], »seine Werke schätzte er sehr wegen ihrer Zurückhaltung«.

Durch die Zurückhaltung gibt Velázquez letztlich jedem den Vortritt, wenn er verweilt vor einem seiner Gemälde. Seit er Meister ist, arbeitet er überdies mit, als »heimlicher Urheber« oder »in zweiter Reihe«. Die Suche findet seine Spur in den Stilleben der Sevillaner *bodegones*, unter den Figuranten im Mittelgrund von Szenen aus den dreißiger Jahren oder im »unmerklichen« Mitwirken an Porträts im Spätwerk.

Zu den Entdeckungen gehört deshalb ein zweiter Maler neben Velázquez seit den frühesten Arbeiten. Juan Velázquez (1601–1631), bislang ungenannt

---

[1] (1564–1644), Velázquez' Lehrmeister und Autor von *Die Kunst der Malerei* (Arte de la Pintura), Sevilla 1649, Bd. I., S. 154

in Katalogen und Fachbüchern, ist möglicherweise ein Künstler, der längst Anspruch erhebt auf *seinen* Platz im Kreis spanischer Maler. Verdeckt vom Schatten des Ältesten seit dessen Lebzeiten, könnte er das wirkliche Opfer der Vorspiegelungen sein beim Adelsnachweis von Don Diego: Wie hätte der Hofmarschall die Proben bestanden, mit einem zweiten Maler in der Familie!

In der originalen Hinterlassenschaft ist bislang die herausragende Eigenheit übersehen: Unbegreiflicherweise hat niemand die Monothematik der großen Szenen erkannt. Nicht die Keimzelle in *Die Anbetung* noch die lebenslange Durchführung über den *Bacchus* bis zu »*Las Meninas*«. Ein Grundmotiv herrscht vor – die Übergabe oder das Überbringen. Die Wiederkehr wirft gleich ein neues Schlaglicht auf den Umfang: Wer sein Gesamtwerk bewußt an *einem* Thema ausrichtet, strebt nicht nach einer Vielzahl von Bildern.

Von den Winken des Künstlers ist festzuhalten, daß er stets Doppelfährten legt, die dem Beschauer bei der Sinnsuche helfen sollen. Dabei gilt für Scharfsinn und Unscheinbarkeit: Lebenslang ist das »Trojanische Pferd« Wappentier und Steckenpferd des Malers. Denn zur Erschwernis sind die Fingerzeige stets im Vordergrund einkomponiert, unter den Augen des Publikums. Etwa in der variierten Replik seines Nonnenporträts von 1620, wo die Figur des Kruzifix abgewandt ist *und anders dargestellt* – in den Füßen gekreuzigt mit einem *zweiten* Nagel. Das »Trojanische Pferd« hat der Maler in den *betonten unteren* Nieten auf der Rückseite gezimmert. Sein Kniff macht aus der Einzelheit im Prado-*Bildnis der Madre Jerónima* das kleinste Exemplar der Gattung.

Solche Deutungshilfe kann hinterrücks auftreten, aber ganz offen. Durch gezielte Mißgriffe bei den Ehrenzeichen im Porträt des Herzogs von Modena wird seine Büste zum Meisterstück unversteckter List. Die andere Spielart erfindet Widersprüche der Darstellung, mit der Aufgabe, sie zu einer Fährte zu entwirren. Das Prunkbildnis des Herrschers, genannt der »Silber-Philipp«, überragt als Beispiel für eine Charade. Doch die Leinwände sind keine Einzelfälle: Winke gibt der Maler in *Venus und Cupido*, in seiner großen Palastszene, sogar in der Schlichtheit des letzten Königsporträts.

Was das Malen selbst angeht, verblüfft zum Beispiel ein Widerwille, sich mit Haar oder Frisuren abzugeben. Velázquez weicht diesem Teil der Malarbeit ein Leben lang aus: ob vor 1620 in *Drei Musikanten* (Berlin) oder in der letzten Aufnahme der Königin Mariana (Dallas). Auch in ihrem Brustbild läßt der Mitfünfziger einen Helfer die Frisur ausführen, mit dem Schmuck und seinen *geometrisch angeordneten* Glanzlichtern!

In dieser Weise ist die Gesamtheit des Œuvres aufschlußreich. Mehr noch: Kunstgriffe oder Listen, sogar Vorlieben und Abneigungen, beweisen sich durch ihre Wiederkehr. In Variationen und Rückgriffen webt der Autor ein Netz ausgeklügelter Fingerzeige. In den Heimlichkeiten sind die eigenhändigen Werke beglaubigt, in der Großleinwand mit Selbstporträt und Staffelei reicht er Betrachtern den Hauptschlüssel zum Verständnis. Gipfelpunkt im Schaffen ist das Bild zugleich Herzstück und durch die Doppelrolle allgegenwärtig in einer Auseinandersetzung mit Velázquez. Dennoch macht »*Las Meninas*« keine Ausnahme – dem Maler, falls er sich in der Palastszene ein Denkmal setzt, gelingt ein Monument der Untertreibung!

An den Funden werden die Fülle und Vielfalt überraschen, wenn nicht befremden. Als ihre Folge wechselt zwangsläufig das Bild vom Künstler: seine Gaben, Ziele und Mittel machen ihn zu einer Ausnahmegestalt in seiner Zeit. So führt die Zwiesprache mit dem Schaffen ebenfalls zu einem Außenseiterwerk, zu einem Buch für Leser, nicht zu einer Bildmonographie zum Blättern. Wie dieser Auszug führt sie im übrigen zu grundlegend abweichenden Lesarten und Neubewertungen. Das verkürzte Werkverzeichnis am Schluß ist auf beide Gesichtspunkte abgestimmt. In der Raffung entspricht es den fünf Abschnitten, die je ein Bild (in seinen unterschiedlichen Formen) behandeln. Da der Platz fehlt für meine Entdeckungen in allen Werken, ersetzen sie im Katalog eine Kurzbeschreibung der Ergebnisse oder die neuen Zuordnungen im Œuvre. Beides muß vorläufig die ausgesparten sechshundert Textseiten des Originalmanuskripts ersetzen.

Einführung

Der spanische Hofmaler Diego de Silva, den Zeitgenossen und Nachwelt »Velázquez« nennen, ist unter den Malern erster Ordnung die mißverstandene Gestalt schlechthin. Dreieinhalb Jahrhunderte Kunstgeschichte haben den Sevillaner vorwiegend in Gegensätzen beleuchtet: Urteile von Künstlern oder ältere Lebensbeschreibungen schildern einen genialen, zumeist unbeteiligten Nachahmer des Sichtbaren. Sein Auge hätte nüchtern zugegriffen in der Wirklichkeit oder in fremdem Kunstschaffen, da ihm Erfindungsgabe fehlte, um im Stil der Epoche, Schönheit zu bilden oder Ideen zu malen. Wer ihn als Realisten sah, leitete die einmaligen Bildwirkungen von einem fotografischen Blick her, mit dem Velázquez im Spätwerk die Imitation bis zum Trompe-l'Œil überspitzt. In der Folge prangert Kritik das unangenehm Virtuosenhafte an, und seit noch fehlender innerer Antrieb feststand, reifte die Formel vom »Genie lässiger Unlust«. Unbehagen und der Wunsch nach Rechtfertigung hören nicht auf, sie anzufechten.

Der Einrede verdankt die Velázquez-Literatur den »Höfling als Maler« – neuere Verfasser führt der Gegenstandpunkt mit dem ersten Biographen zusammen in der Ansicht, objektive Darstellung müsse den Ehrgeiz über Genie und Schöpfergeist setzen. In seinem Talent strebe der Malerlehrling nach sichtbarem Adel, sein Lebensziel seien die Ehrenzeichen eines Militärordens. Geschickt und begünstigt erreicht der Meister früh einen standesgemäßen Aufgabenkreis. Seit der Anstellung als Hofkünstler tritt er vor eine Staffelei, um als Porträtist seine Dienstpflicht gegenüber dem König zu erfüllen. Doch in zeitraubenden Nebenämtern, die Philipp IV. dem Günstling anvertraut, versiegt stetig die Muße zur Atelierarbeit. So hat der Sechzigjährige behaupten – und amtlich nachweisen – können, daß die Malerei niemals sein Beruf gewesen sei.

Dieser Versuch nimmt eine dritte Richtung. An Schlagwörtern vorbei, geht er auf die Bilder zu, um im Werk den Autor aufzuspüren. Mögliche Antworten finden sich in den *eigenhändigen* Malwerken, jedes führt den Leser zurück zu Velázquez. Wegweiser sind verschlüsselte Eigenheiten, von ihnen ist bislang erst ein Bruchteil aufgedeckt. Unbemerkt blieb: Ausgerechnet der realistische Grundzug seiner Malerei und ein scheinbarer Verzicht auf Subjektivität verstellen den Blick auf den Hintersinn. Velázquez pflegt die unbeachteten Denkfährten. Ziel ihrer Zusammenfassung kann nicht sein, Wesen und Genius zu durchdringen oder die Gestalt lückenlos erfassen zu wollen. Andererseits erspürt Enträtseln der Fingerzeige mehr als die Grundzüge des Schaffens – in Vorlieben oder Kunstgriffen spiegeln sich Ausschnitte der Persönlichkeit.

Zum frischen Ansatz tritt der Widerspruch, er ist ein weiteres Motiv des Buches. Einwände, wenn sie an Gestalt oder Hinterlassenschaft unbeachtete Umrisse bestimmen, möchten oberflächliche Sichtweisen schärfen, zugleich Werk und Schöpfer abschirmen gegen Ausschweifungen ratloser Deuter. Neuerdings hat Willkür die Rätsel eher vertieft, in einer Fülle widerstreitender Lesarten. So gilt in der späten Palastszene mit Selbstporträt und Staffelei schon die Frage »Was malt Velázquez?« eingestandenermaßen für unlösbar. Mit dem Hauptwerk bewahren andere Leinwände ihr Geheimnis – gegen Methodik und Wissensdrang, gegen vier Jahrhunderte Neugier und Scharfsinn.

Diese Arbeit, ausgreifend im Entschlüsseln und Vergleichen, zieht sich dennoch enge Grenzen. Statt mit Gewißheiten nähern sich Gedankengänge den Rätseln der Person mit Fragen oder Vermutungen. In den Bildern ist das Für und Wider durch Umschau im Schaffen beleuchtet, sei es bei Streitfällen, Zuschreibungen oder wo immer eine vordergründige Übereinkunft Zweifel aufwirft. Erhellungen, sämtliche im Thema unvermuteten Funde und Erkenntnisse, entspringen dem Umgang mit den Originalen. Ein steter Rückzug auf Unbezweifelbares in Malarbeit und Bildinhalten hat gegenläufig die Bewunderung für den Künstler vorangetrieben – dieses Buch umschließt ein niemals nachlassendes Bemühen um Velázquez und sein Werk.

Jede Neugier, die dem Spanier gilt, muß auskommen mit dem Werk und einer schmalen Sammlung von Fakten, Berichten und Anekdoten. Ohne alle Selbstzeugnisse. Gewiß, das erhaltene Schaffen, eine Datensammlung und die frühen Aufzeichnungen bieten drei grundlegende Komponenten. Verbürgt, zumeist nachprüfbar, genießen die beiden letzten eine einseitige, wachsende Vorliebe der Autoren. Dennoch: Solche Quellen, da sie aus dokumentarischen Vorkommnissen sprudeln, enthalten allenfalls Partikel der Wesensart. In Gang, Tonfall, Auftreten, Eßgewohnheiten entdeckt die Suche mitunter wertvollere Spurenelemente der Persönlichkeit als im nachbehandelten Bodensatz der Tatsachen. Ergänzen müßten sie die gesicherten Nichtigkeiten, aus denen sich Greifbares nicht auf Anhieb gewinnen läßt. Erst ein Zusammenklang würde die Tonart des Menschen ergeben. Doch für Velázquez fehlt mehr als die Note erkennbarer Charakterzüge. Das Bindemittel, um die Bestandteile zu verschmelzen, die Figur zu vollenden, ist unauffindbar: Ohne Selbstzeugnisse scheint die Kenntnis vom Menschen und seinen Beweggründen auf immer verloren.

Welches Standardwerk der Suchende für verläßliche Auskünfte heranzieht, wegen unausrottbarer Hindernisse vermittelt der Autor *seine* Werksicht und subjektive Lesart der Lebensumstände. Vom Fluß der Erzählung getragen, gestützt auf Fußnoten, können Zuschreibungen oder Unbewiesenes auftreten wie Zwillingsgeschwister der Tatsachen. Mutmaßungen stehen neben belegten Daten, umstrittene Bilder inmitten der Originalgemälde. Selten wird der Schreiber ausreichend die Herkunft seiner Urteile darstellen, geschweige denn das Ausmaß der Ungewißheiten. Selbstsicherheit im Tonfall gibt vor, den Dunstschleier zu zerreißen, wie er sich hinzieht zwischen den spärlichen Einsichten in die Vergangenheit. In Wahrheit verwischen sich Grenzen und Einschnitte: Im Gemisch aus Primärquellen, Forschungsstand und Rückschlüssen sind die Übergänge kaum auszumachen. Daß ein Text bei Zweifelsfällen die eigene Ansicht einschränkt, in die Gegenrichtung weist oder Seitenpfade abweichender Lesarten aufzeigt, belegt eine Kenntnis des Terrains. Offenheit kann den aufgeschlossenen Fachmann unterstreichen oder eine Verneigung bedeuten vor dem Schrifttum. Keinesfalls ist mit derlei Beiwerk schon eine Karte gezeichnet vom Treibsandgebiet ungelöster Fragen, vor dessen Tücken der Wißbegierige als Neuling verzagt, als Kenner verstummt.

Aus dem Abwägen der Verfahren, dem Ungenügen an ihren Antworten, ist stetig der Drang gewachsen, selber Werk und Maler auszuloten. In einem Versuch skeptischer Lebensbeschreibung. Einer Skepsis, abseits von den Zweifeln im ausgehenden 20. Jahrhundert, wo sich Monographien mutwillig in kritischem Umgang mit dem Gegenstand erschöpften. Die Bedenken haben das eigene Vorgehen ausgerichtet, zugleich die selbstgewiß »bewährten« Velázquez-Interpretationen in Frage gestellt oder die »Künstlerbiographie« an sich. Seien es ihre Ausgangspunkte, Verfahren und Maßstäbe oder den Zwang zu Sinnfindung und unzweideutigen Antworten.

Nicht eine Idee vom Maler, Zwiesprache mit den Gemälden hat die Grundpfeiler der vorgelegten Erkenntnisse aufgeschüttet. Sie sind niedergelegt in Bestandsaufnahmen der Bilder. Vor dem Pluralismus kunstgeschichtlicher Methoden, angesichts jüngster Deutungswillkür oder der Beliebigkeit postmoderner Denkmodelle, soll einer Interpretation die Sichtung des Ganzen und der Einzelheiten vorangehen: Wer sagt, was er gesehen hat, bleibt an das Malwerk gebunden, er ist durchschaubar in seinen Auslegungen.

Zur Einsicht in die Bedingtheit des Vorgehens gesellt sich das Wissen um den Fehlschlag. Bei einer Geisteskraft vom Range des Spaniers verbietet allein der Zeitabstand eine geschlossene Darlegung. Sollten die Archive reden, Selbstzeugnisse in gewünschter Menge vorliegen, der Graben ließe sich mit Zitaten überdecken – die Leere müßten Vermutungen ausfüllen. Für Velázquez gilt aber, daß ein weitmaschiges Datengitter eben die äußeren Linien der Biographie zusammenhält.

Mein Versuch selbstischer Annäherung beruht folglich auf keinerlei Gewißheit. Es sei denn der, daß der Mensch Velázquez Rätsel bleibt, und das Werk dem hartnäckigen Fragesteller die eine, ihm von Anfang an bestimmte Tür offenhält. Das Treffen von Angesicht zu Angesicht scheitert. Persönlichkeit und Schaffen bewahren den Kern ihrer Geheimnisse. Allerdings glaube ich an den Erfolg als mögliche Kehrseite eines Fehlschlags: Mußte nicht Indien verfehlen, wer Amerika heimbringen sollte?

Zur Bilderauswahl: sie umfaßt *Venus und Cupido*, das Kirchengemälde *Josephs Rock*, eine Halbfigur, genannt *Die Dame mit dem Fächer*, das letzte Brustbild Philipps IV. und natürlich »*Las Meninas*«. Es sind Velázquez' verzwickteste Schöpfungen. In der Abfolge ihrer Interpretation entfaltet sich vor dem Leser gleichsam der Fächer aus Gaben, Einfällen und Kunstmitteln des Malers. Stets sind stichhaltige Schrittfolgen aufgereiht zum Beweis für die Einsichten.

Wißbegier kann die Abschnitte in beliebiger Reihenfolge vornehmen. Hinweise auf die jeweilige Aufgabenstellung oder ihre Verwirklichung möchten dem Leser helfen bei seiner Wahl oder anleiten im Fragenkreis.

- Seine Venus-Darstellung nutzt der Maler für ein erstes Spiel mit den Spiegelungen, bevor er ihm eine Hauptrolle zuteilen wird in »*Las Meninas*«. Die Fährte zur Wahrheit über den Widerschein der Züge hat er bereits im Rückenakt doppelt gelegt. Zwei Bildeinzelheiten wollen dem Fragesteller die Manipulation offenlegen: Das abgewandte Antlitz ist *nicht* preisgegeben.
- Mit der Joseph-Legende folgt das herausragende »Trojanische Pferd«. Herausragend, weil bislang unbemerkt blieb, daß in der Komposition überhaupt ein Geheimnis stecken *könnte*. Velázquez, der seine »Hommage à Rubens« in Rom gemalt haben soll, verbirgt aber mehr, indem er hinweist auf eine persönliche Eigenart. Das Kirchenbild ist besetzt mit lebensgroßen Ganzfiguren *ohne* Porträtköpfe. Ein innerer Drang zur Flucht aus

der Bildnismalerei wird erkennbar, er beherrscht den Künstler das ganze Dasein hindurch. Immer wieder entzieht sich der Porträtist seiner Hauptaufgabe und entsagt bewußt seiner Leidenschaft. In *Josephs Rock* scheint das Stilmittel bereits auf die Spitze getrieben, und doch wird Velázquez sich selbst übertreffen. Gut zwanzig Jahre später, als er in *Die Fabel der Arachne* wieder ein Gruppenbild ohne Porträts entwirft, mit Anleihen aus den Bildern von *zwei* bedeutenden Malern.

▪ Eine unerkannte Seite in seiner Porträtkunst offenbart der Abschnitt über *Die Dame mit dem Fächer*: die gewollte Asymmetrie in den Zügen des Modells. Heimliche Verfremdung bestimmt eine Gesichtshälfte oder die Iris in einem der Augen. Wenn der Betrachter die Kunstgriffe einrechnet im Frauenbildnis, rücken das Porträt und seine (Vor-)Skizze thematisch und zeitlich zusammen.

▪ Das Dreigespann der letzten Philipp-Brustbilder (in Madrid, Wien und London) verschweigt den Grund für die sonderbare Zusammenarbeit von Meister und Werkstatt. Daß Velázquez, etwa um die gleiche Zeit, das letzte, große Bilderpaar ohne Helfer angreift, vertieft die Ratlosigkeit vor »seiner« späten Porträtmalerei.

▪ Das Hauptwerk »*Las Meninas*« hat dreieinhalb Jahrhunderte lang Deutungen jederart widerstanden. Die Ansicht, dennoch gültig zu antworten auf die Leinwand, teilt diese Arbeit mit der Überzahl früherer Versuche. Fahnder sind aus aller Welt angereist, haben jeden Akteur verhört und keine Bildeinzelheit verschont – ohne Erfolg. Die Szene ist zum Symbol geworden, zur Allegorie der Vergeblichkeit kunsthistorischer Mühen.

Freilich weist bereits der Titel »*Las Meninas*« in eine falsche Richtung, er mag Spitzname sein oder – ohne Anführungsstriche – Bildtitel. Der Palastszene, als der einzigen Komposition, ließ sich auch *kein* Vorbild oder Muster unterlegen. Dabei besteht die geheimnisvolle Zusammenkunft aus lauter Zitaten! Alle Anleihen stammen indes aus dem eigenen Werk. Die Häufung ist ein Grund, weshalb ich dem Bild einen alten Titel zurückgebe: *Die Familie Philipps IV.* Er ist 1734 aufgekommen, nach dem verheerenden Brand im Madrider Schloß. Im Spanischen umfaßt *la familia* ohnehin Angehörige und Gesinde – beim König läßt sich ausgehen vom *pater familias* im Sinne des römischen Rechts. Doch verarbeitet Velázquez in *La Familia* mehr als Königsfamilie und Palastumgebung: Zusammengefaßt sind Jugendschaffen, zwei Aufenthalte in Italien, acht Gruppenszenen und eine Auswahl seiner Bildnisse. Kurz – sein Lebensweg als Künstler.

Venus vor Cupido mit einem Spiegel

I Die Abenteuer der Venus

Eine Venusgestalt, nackt ausgestreckt vor Cupido mit einem Spiegel, und eine verlorene Aktdarstellung von Velázquez tauchen gegen 1650 in Madrider Inventaren auf. Die erste unmittelbar vor der Heimkehr von seiner letzten Italienreise, die andere ein Jahr später. Sind sie in Rom gemalt? Für ein Ja sprechen das ausgefallene Sujet, die Stadt und ihr Ruf sowie eine Velázquezsche Vorliebe, die neue Themenkreise gern unterwegs ergreift. Seit ein unehelicher Sohn entdeckt ist, vom Sevillaner in Rom gezeugt, erliegen manche Biographen der Versuchung, in dem nackt hingestreckten Modell die junge Mutter auszuspähen. Die romantische Idee nährt sich noch von einem Fund im Nachlaß: bei seinem Tode besaß auch der Maler ein Venus-Exemplar.

Die Gegenrechnung zugunsten des Entstehens in Madrid umfaßt als schlagenden Punkt die Eintragungen in Nachlässen und sonstigen Amtspapieren, alle Fassungen sind in der Residenz nachgewiesen. Mutmaßlich hatte Velázquez einen Auftraggeber, das Unterfangen einen Helfer. Die bekannte Umgebung verschaffte den Beteiligten ihren Spielraum, dem Maler die Heimlichkeit, wie sie das Thema erforderte.

Das Londoner Gemälde *Venus vor Cupido mit einem Spiegel* müßte jene Leinwand sein, die Nachlässe mehrfach in den Sammlungen der Familien des Marquis von Carpio und der Herzöge von Alba aufführen. Zum ersten Mal offenbar am 1.6.1651[2], etwa sechs Wochen bevor Velázquez mit großer

---

[2] Pita Andrade, José Manuel: *Los cuadros de Velázquez y Mazo que poseyó el septimo Marqués del Carpio*, in: Archivo Español de Arte, Bd. 25, 1952, S. 223–226

Verspätung aus Italien zurückkommt. Die mythologische Szene wird noch einmal genannt, sie gehört Gaspar Méndez de Haro, seit 1647 Marqués de Heliche und ab 1661 siebenter Marqués von Carpio. Neben der liegenden Venus reden die Eintragungen ausdrücklich von Cupido oder einem Jungen, der ihr den Spiegel hält.

Für die Bildersammlung Haros bezeugt die erste Aufstellung, daß *Venus und Cupido* das Meisterstück darin ist. Don Gaspar besitzt dreihundertdreißig Werke, doch sind es meist Zuschreibungen, und zu den Zweifelsfällen gehören seine übrigen Velázquez-Gemälde. Als Ausnahme gibt das Bild einen Wink, daß der Marqués mehr beigesteuert hat als den Auftrag. Falls er am Entstehen mitwirkt, kann er eben deshalb sein einziges Original erwerben. Wie aus Versehen. Haro war vor der Italienreise des Malers neunzehn oder jünger und noch unverheiratet; sollte er um 1648 den Akt anstiften, könnte er selber das Modell herbeiführen. Die Göttin scheint zu irdisch, um erfunden zu sein, selbst wenn im Ebenmaß der Rückansicht die wirklichen Linien verbessert wären. Doch vor der *Wahrheit* der Figur mag dem Künstler niemand die echte Frau oder ihre Schönheit bestreiten. Wenn das Modell zu Don Gaspars Eroberungen in Theaterkreisen oder unter Kurtisanen gehörte, war sein Auge geübter in weiblicher Schönheit als in Malerei oder der Handschrift des Sevillaners.

Für eine verlorene Fassung – ohne Spiegel und Liebesgott? – ist als Erstbesitzer Domingo Guerra Coronel ermittelt. Der unbekannte Maler stirbt in Madrid am 16. November 1651, seine Hinterlassenschaft wird zwei Tage später zusammengestellt. Zugleich haben drei Maler, darunter Martínez del Mazo und Angelo Nardi, die Gemäldesammlung geschätzt. Ihre Liste setzt das Bild obenan, als teuerstes Werk: »Erstens, ein Gemälde einer nackten Frau, anderthalb Ellen hoch und zweieinviertel breit [etwa 125 x 188 cm], mehr oder weniger, mit seinem schwarzen Rahmen, [geschätzt] auf tausend Realen.« (VV II/S. 282:151)[3]. Neben Venus erscheint keine weitere Bildfigur, doch stärker verblüfft, daß der Name Velázquez fehlt. Mazo hat nachweislich am Inventar mitgearbeitet, daß er nichts weiß von dem Aktgemälde oder einer Bilderfolge, läßt auf Heimlichkeit schließen oder ein Entstehen außerhalb der Stadt.

Anfang Dezember wird das bezeugte Werk für ein Dreivierteljahr zum Verkauf aufgeboten, zwischendurch aber gerichtlich einem Gläubiger Guerra Coronels zugesprochen. Erst jetzt, als man es beschlagnahmt, bekräf-

---

[3] Siehe: VV II/S. 282: 151 = (Varia V... etc.) *Varia Velazqueña*, Madrid 1960, Bd. II, S. 282 *Documentos No. 151*

tigt Anfang März 1652 ein Schriftstück den Urheber: »Ein großes Bild ... mit einer nackten Frau gemalt von Diego Velázquez.« Es ist mit größeren Maßen aufgeführt, wohl irrtümlich, denn sie würden eine nahezu quadratische Leinwand voraussetzen – für eine Liegende! Mitte Juni lösen die Nachlaßverwalter die Schuld von dreihundertdreißig Realen ein, um das Gemälde von neuem anbieten zu können. Nach der Sommerpause erwirbt es aktenkundig »ein Bediener des Marquis von Heliche« – am 16. September, für siebenhundert Realen.[4] Vermutlich besaß Gaspar Méndez de Haro damit (vorübergehend) zwei Venus-Gemälde.

Lag der Bilder*folge* die *eine* Bestellung Haros zugrunde, verbunden mit der Auflage strenger Verschwiegenheit? Chronisten wissen vom jungen Don Gaspar vor allem zweierlei: er sammelte Gemälde und häufte Skandale an durch Liebschaften mit schönen Frauen aus den niederen Schichten. Mit dem Auftrag zu einer Venus-Darstellung hätte der Marqués jeder Leidenschaft nachgehen können – wenn sich die Aufnahme herumsprach. Aber Klatsch war diesmal auszuschalten. Vielleicht wegen des Modells oder des Kammermalers, der um seinen Ruf fürchtete. Eher wegen der Inquisition. Die Kirche hatte das Nackte in der Kunst verboten, in der spanischen Malerei sind solche Bilder noch bei Goya Ausnahmen. Philipp IV. und – nach seinem Vorbild – andere Adlige erwarben dennoch eifrig Aktgemälde. Der wahrscheinliche Grund für die Geheimhaltung wäre daher der König, als Liebhaber und leidenschaftlicher Sammler nackter weiblicher Schönheit. Wenn ihm der Sevillaner keine Venus-Darstellung anbieten durfte, hatte er sich vor seinem Gönner zu hüten. Der Teufelskreis deutet auf Geheimnistuerei.

Zuletzt ergeben Thema und Umstände einen Fingerzeig auf den Hergang samt Absprachen unter den Beteiligten. In Madrid mußten die Malsitzungen zu *Venus und Cupido* hinter verschlossenen Türen verlaufen, ohne Hausangestellte oder bestechliche Zeugen. Folglich außerhalb des Schlosses, und nicht in der Malerwohnung noch im Stadtpalast der Haros. Auftraggeber, Maler und Modell waren eingeweiht, dazu eine vierte Person. In deren Räumen hat sich das Modell eingefunden, entkleidet, ausgestreckt zur Aufnahme. Der Eigentümer der zweiten Leinwand könnte so zu seinem Bild gelangt sein. In der Fassung Guerra Coronels ist nirgendwo die Rede von Spiegel oder Kindergestalt: Half er mit beim Zustandekommen der Aktbilder? Dann hätte Velázquez in Guerras Atelier den Rückenakt porträtiert, dort den Frauenkörper zur *Venus mit dem Spiegel* erweitert, und dem Kollegen die Erstaufnahme überlassen.

Ein wichtiger Fingerzeig auf solchen Hergang sind die Schätzpreise:

---

[4] Aterido Fernández, Angel: *The first owner of the Rokeby Venus*, in: The Burlington Magazine, 1175, Februar 2001, S. 91–93

Guerra Coronels »großes Bild ... mit einer nackten Frau« wird als »Velázquez« 1652 auf tausend Realen geschätzt und für siebenhundert an einen Bedienten Haros verkauft. Es kann kaum das Gemälde sein, das im Herbst 1692 in Haros Inventar als Leinwand von *Venus und Cupido* erscheint – mit einem Schätzwert von sechzehntausend Realen! Andererseits stellt sich die Frage, wie realistisch der letzte Betrag ist. Im Jahre 1694 hat in Madrid ein deutscher Diplomat das unvollendete (Münchner) *Bildnis eines jungen Mannes* für ganze vier Dublonen erworben.

Möglicherweise mußte der Maler eine zweite Replik anfertigen, da im August 1660 erneut ein Venus-Gemälde auftaucht. Im eigenen Nachlaß ist eingetragen: [593.] »Eine liegende Venus von Velázquez, zwei Ellen [breit].« Die Quelle belegt fraglos ein ähnliches Werk; doch drei Exemplare bleiben wenig wahrscheinlich – Velázquez wiederholt sich nicht gern. Für einen Akt mehr müßte sich das Entstehen noch erhärten. Den Eintrag begleiten Abmessungen wie die Guerra Coronel-Leinwand, wieder fehlen Hinweise auf den Spiegel oder eine Zweitfigur – es könnte das gleiche Bild sein. Der Autor selber hätte 1652 seine Aufnahme zurückgekauft, mit Hilfe des Auftraggebers. Durch Mazo wußte er vom Todesfall, von Inventar und Schätzung; für den Erwerb haben sich Marquis und Maler abgesprochen. Jeder hatte bei einer Weitergabe zu befürchten, daß die Schöne in falsche Hände kommen würde – oder unter die Augen des Königs.

Der heutige Zustand der Londoner Spiegelszene geht zurück auf zahllose Eingriffe, zur Hauptsache während der letzten »Reinigung«. Das Auge überzeugt sich leicht, daß alte Velázquez-*pentimenti* entfernt und Einzelheiten aufgefrischt sind. Doch Willkür hat dem Gemälde mehr genommen als sein Alter und die ursprüngliche Vollendung. José López-Rey erhebt mehrfach schwere Vorwürfe[5] gegen das unangemessene Restaurieren im Jahre 1965. Seine Kritik rügt das verdeutlichte Spiegelbild und Kolorieren im Gesicht oder an den Fersen. Was zu sehen ist, vom rechten Fuß, von Knöchel und Unterschenkel, müßte einst faßlich gewesen sein bis in unter die Haut; im aufgefrischten Spiel der Schatten haben Muskeln und Formen diesen Teil ihrer Körperlichkeit verloren.

Nicht gemeint ist eine Unschärfe im Umriß, ob beim rechten Arm oder beim linken Fuß. Die Plastizität nimmt an der Frauengestalt seitlich ab, zu

---

[5] López-Rey, José: Velázquez: *A Catalogue Raisonné of his Œuvre*, London 1963, S. 451; und spätere Ausgaben bis zu: *Velázquez Maler der Maler*, Sämtliche Werke, 2 Bde., Köln 1996

den Bildrändern hin. Velázquez will den Rumpf herausheben, das aufgeknotete Haar und der unsichtbare linke Arm sollen den Kunstgriff verstärken. Zum gleichen Zweck sind Rücken und Hüfte sorgfältig modelliert, die kühl gehaltenen Hautflächen fein abgestuft in bläulichen und Rottönen. Eine vage Raumdarstellung und ihr Kolorit, der Farbwechsel bei den Laken, das Linienspiel der Faltenwürfe, ein bewußter Verzicht auf den *borrón* in der Pinselschrift, jede Einzelheit unterstützt die Ausstrahlung weiblicher Nacktheit.

Restaurieren hat auch beim dienstfertigen Cupido die Umrißlinien an Arm und Schenkeln neu bestimmt: Rund um die sichtlich erfundene Figur sind einstige Konturen ans Licht gekommen. Kopf und Haar des Jungen reichen in einen angenähten Bildstreifen. Vielleicht entstand das Flügelwesen mit seinem Spiegel überhaupt *während* des Malens – als »angestückte Rechtfertigung« eines reinen Aktgemäldes? Cupidos künstliche Ungestalt kann den Gedanken stützen; sie ergibt gleichsam den »Schönheitsfleck« zum Eindruck der idealen weiblichen Körperformen. Wie ausdrücklich ist der Komposition dieser Mißton zugegeben.

Der Frauenkopf im Spiegel könnte die zweite Dissonanz sein. Der Maler hat den Akkord darin in vielerlei Hinsicht vorbereitet – aufgelöst hat ihn niemand bislang. Seine List beginnt mit der Wahl des Spiegels, unter den Bildbeigaben der Malerei das vertrackte Symbol schlechthin, wegen der chronischen Zweideutigkeit. Die schimmernde Fläche verkörpert im 17. Jahrhundert lauter Gegensätze: Wahrheit ist neben Schein gestellt, Eitelkeit gegen Selbsterkenntnis, zu Enttäuschung tritt Beharrlichkeit, und Doppelsinn steht gegen das Symbol der Unberührtheit eines Mädchens.
Velázquez wird in *La Familia* erneut mit einem Spiegel arbeiten, auch dort wirft die Oberfläche ein unscharfes Bild zurück. Im übrigen ist der Widerschein jedesmal gezielt verändert. Wegen eines berechneten Hintersinns scheint das Zubehör bei ihm weniger Symbol, eher ein Werkzeug, und was er in *Venus und Cupido* hineinmalt, ein zwiefacher Wink. Den perspektivischen *Doppelfehler* im Spiegelbild hat keiner der Deuter erkannt, die es gleichwohl nach jeder Richtung auslegen. Eine »postmoderne« Analyse von 1995 sticht ab, sie schiebt den ganzen Fragenkreis kurzerhand in Fußnoten beiseite, erledigt ihn mit dem Halbsatz »..., dies alles braucht nicht beantwortet zu werden«. Indes: Reicht aus, was der Text anbietet? »Die ›schwächste‹ Abbildung innerhalb des Spiegels ist die vom Maler dargestellte Abbildung der Spiegelung – selbst also abbildlich –, die die Abbildung der Venus im Bild als weitere Abbildung des Malers spiegelt. Diese sowie das Bild als Ganzes bilden die Vorstellung (Idee)

des Malers ab, die teilweise Abbild des Modells sein mag; das Bild befragt letztlich die vom Abbildlichen angeregte Imagination des Betrachters auf ihre Abbildlichkeit von Wirklichkeit und deren Abbild hin.«[6]

Nach seiner Gewohnheit gibt der Sevillaner in der Venus-Darstellung *zwei* verborgene Fingerzeige. Schlüssel ist der Spiegel. Beim Übergang von gemalter Wirklichkeit zum gezeigten Widerschein hat ihn der Autor – um im Vergleich zu bleiben – zweimal umgedreht. Das Abbild erläutert *beide* Kunstgriffe. Und zwar abgesehen von dem Stich, den unvermeidlich jedes Auge empfindet, sobald es sich im Entziffern des Gesichts versucht.

Die Züge der Venus haben den Liebhaber ihres makellos schönen Körpers zu allen Zeiten enttäuscht: Das Profil scheint unvereinbar mit dem Antlitz. Freilich war der Gegensatz einst abgemildert: zart verschwommen in den Linien, blieb das Abbild weich im Lächeln, unbestimmt im Blick. Der Sevillaner hatte es aus einem Nichts gemacht – einem Nichts, an dem ein Hauch von Traum haftete. Beschauer mußten das linke Auge ohnehin erraten, sie durften die Züge für sich vollenden.

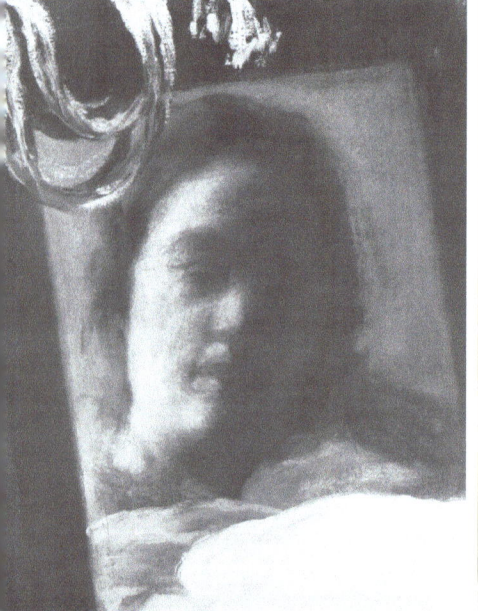 

Das Gesicht der *Venus* (vor und nach der Restaurierung)

[6] Castor, Markus A.: *Diego Velázquez – Farbe und Raum*, Weimar 1995, S. 244, Fußnoten 50+53

Seit der »Restaurierung« wirken die Konturen schärfer, der Blick und das rechte Augenlid eindeutig, das Haar voller und dunkel, die Lippen straff aufgeworfen. Die Betonung der Umrisse hätte das zwiefache Rätsel lösen können. Ebenso eine Nachschöpfung im Fotoatelier, die bald darauf *beide* Kniffe in der Perspektive aufdeckte: Der englische Fotograf Gavin Ashworth hatte die Szene vereinfacht nachgestellt[7], doch nachvollzogen wurde nur die erste, die bereits erkannte, »Schlüsselumdrehung«. Durch simple Beobachtung war der Widersinn oft genug aufgefallen: Der Betrachter *sieht* Venus in einem Spiegel, den Cupido *der Göttin* vorhält. Eine Spiegelung kann aber die Züge nicht dem Publikum *und* der Liegenden zeigen. Venus *muß* darin den wiederfinden, dem der Widerschein ihr Antlitz verrät. Im Gemälde sind solche Gesetzmäßigkeiten willentlich aufgehoben.

Diesen Hauptpunkt habe ich in der Fachliteratur gefunden. Als zweiten Schritt. Mich hatte die Abneigung gegen das heutige Spiegelporträt angeleitet: Der Bruch, wie er das Profil mit dem Antlitz entzweit, zwang das Rätsel in einem Kniff zu erspüren. Jahrelanges Mühen folgte, angestachelt von der Gewißheit, *der Maler* würde mein Unbehagen rechtfertigen.

Endlose Vergleiche von Kinn, Wange, Stirn oder Haaransatz führten zu nichts – erst an dem Tage, wo mir *schien*, der Kopf im Spiegel sei größer als der auf den Schultern, war der Bann gebrochen. Nachmessen im früheren oder jetzigen Zustand blieb ohne Erfolg: die Sichtwinkel sind zu verschieden, die Umrisse zu ungenau. Es war dennoch die richtige Fährte.

Wie gesagt, ist die Lösung in der im Fotoatelier nachgestellten Szene mitenthalten. Zwar hält dort das Kind den Spiegel ein wenig steiler, doch einzig, damit die reflektierte Körperpartie der Frau besser ins Bild kommt: Kopf und Beine fehlen, sonst ist ihre ganze linke Seite zu sehen! Schulter und Arm, dazu die Hüfte bis zur Mitte des Oberschenkels. So müßte der Spiegel, wie ihn im Bild *der Betrachter* sieht, *die Seitenansicht des Modells* vorführen. Aber *auch die Schöne hat mehr von sich gesehen* als den Kopf in Großaufnahme. Mit den richtigen Größenverhältnisse hätte sich die als nackte Halbfigur hingestreckte Göttin gespiegelt oder wenigstens ihr Brustbild ergeben. Und für den Maler ein Anlaß mehr zu seinen Kunstgriffen.

---

[7] Abgebildet bei Brown, Jonathan: *Velázquez, Painter and Courtier*, Yale 1986, S. 182. Eine neue Variante, die das Original in seinem Hintersinn erweitert, aber auch persifliert, erschien zu Velázquez' 400. Geburtstag in der französischen Zeitschrift *L'Express* (11.3.1999, S. 18f.): In seiner Anzeige für Männerkosmetik hat eines der führenden Modehäuser in Paris Rückenakt, Spiegel und Gesicht aufnehmen lassen wie bei Velázquez.

Wer immer als Venus posiert, der Widerschein gibt das Gesicht nicht preis. Enthüllung und Geheimnis bestimmen Bildaufbau, Pose und Darstellung. Zweifach manipuliert läßt das Spiegelbild keinen Zweifel an der Absicht. Mittelbar steckt im Kopf *als Ausschnitt* sogar ein dritter Fingerzeig, denn gewiß wäre ein Abbild der *echten* Züge ein Vorwand gewesen, um das Antlitz derart *zu vergrößern*. Oder konnten das *wirkliche* Gesicht und seine mutmaßlichen Züge die makellose Gestalt verderben? Eine Antwort scheint dem aufgestützten Kopf mitgegeben: Wer ihn ohne den Widerschein betrachtet, glaubt vor dem inneren Auge, im Profil zartere, jüngere Linien zu sehen. Velázquez, indem er in Körper und Gesicht den Gegensatz von Verismus und Versteckspiel zweifach vorführt, kann meisterhaft die Wirkkraft seiner Figur steigern.

Wegen der *doppelten* Verschlüsselung muß der ständige Reigen um ein Wiedererkennen verwundern, Interpreten pflegen die Nackte unablässig in anderen Frauengestalten aufzuspüren – nicht selten mehrfach. Der Maler wäre abermals mit einem einzigen Modell ausgekommen: Es hätte als Himmelskönigin in der *Marienkrönung* posiert, und noch die »Arachne« gespielt, die Wolle wickelt im Gruppenbild nach Ovid. Erneut stößt der Leser auf eine unscharfe Raterei, wie sie Juana Pacheco im Frühwerk in beliebigen Figuren »nachgewiesen« hat. Jetzt zeigen Spiegel und abgewandte Gestalt nichts als eine Rücksichtnahme auf die Unbekannte. Entsprechend vage klingen die Begründungen: Wer Ähnlichkeit oder »ein Modell« behauptet, zitiert durchweg keine Anhaltspunkte, er nennt gleichgesinnte Verfasser als Eidhelfer.

Befürworter greifen in ihrer Beweisnot gern zum Bildnis einer jungen Frau im lockeren Gewand und mit strähnigem Haar. Sie hält offenbar eine Tafel im linken Arm, über die ihr rechter Zeigefinger hingleitet. Da die Augen der Geste folgen, die Lippen halb geöffnet sind, könnte die Dargestellte – laut und mit etwas Mühe – einen unsichtbaren Text entziffern. Eine Lesart wie »*A sibyl with tabula rasa*« müht sich, die »leere« Tafel zu berücksichtigen, will aber nicht zum buchstabierenden Sprechen der Gestalt passen. So werden im Bild in The Meadows Museum (Dallas) neuerdings »*Eine Muse*« oder die »*Allegorie der Malerei*« vermutet. Kenner sehen notwendigerweise »*Eine Sibylle*« wegen der Anklänge an das rätselhafte *Prado*-Bildnis – gleich in Profil und Zubehör. In der Parallele verschwindet jedoch, daß sie den vermeintlichen Autor widerlegt: Wo hätte er sich in Allegorien je in ähnlich einfallsloser Weise kopiert! – Genaues Hinsehen findet in der Malerei der Hände sogar schärfere Gegenargumente. Verfehlt ist an der rechten alles, vom Gelenk zu den Fingerspitzen; die Handwurzel reichte letztlich aus, um den Sevillaner zu verneinen.

Dennoch: Die »*Weibliche Figur*« erinnert die Autoren in Frisur, Kleidung, Profil und Nacken an die Velázquezsche Wollwicklerin. Die Verwandtschaft mit dieser *hilandera* läßt sich nirgends nachweisen: sie beschränkt sich auf den *optischen Eindruck* der Bluse. In Wahrheit bekleidet die Figur nur »Erfundenes«. Anders als bei der Schönen mit dem Wollknäuel folgen ihre »Bluse« und deren Schnitt keinem nachweisbaren spanischen Modestil. Ähnlich andeutend verfährt die Malerei im weißen Leinen, denn um 1645 arbeitet Velázquez mit anderen Linien und Lichtern. So ließen sich Fälscherei unterstellen oder eine versuchte Nachschöpfung. Keinesfalls steckt in der Gestalt das Modell zu *Arachne* oder *Venus*, noch deren Schwester oder überhaupt ein Geschöpf des Malers. Fazit: Mit der *Venus* schafft Velázquez sichtlich ein Einzelwerk in zwei Fassungen. Seine Liegende, abgewandt, im Spiegelbild versteckt, bleibt Geheimnis und Fremde.

Ungemach hat *Venus und Cupido* seit langem verfolgt. Der Willkür von Interpreten, den Unbilden des Restaurierens, waren ein gewaltsamer Angriff und seine schwierige Heilung vorausgegangen. Im März 1914 hatte die Leinwand sieben Messerstiche erlitten, mit ihnen wollte eine Frauenrechtlerin an der Aktfigur Schulterblatt und Rücken zerstören. Das Attentat, obwohl makaber, stellt der Malerei das stärkste Zeugnis aus für ihre Bildkraft und Anspruch. In Londons *National Gallery* hängen wenig Frauenakte, aber weit freizügigere Entblößungen, gemalt von Correggio oder Bronzino. Trotzdem ist die Aufgeregte leicht zu verstehen, in ihrem Zorn gerade auf die Venus des Spaniers. Daß der Betrachter meint, mit seinen Händen dies lebendige Fleisch fassen zu können, wird durch die Jahrhunderte über das Schicksal der Leinwand entscheiden. Die Rückenansicht, anziehend realistisch, kunstvoll mit Abstand überzogen, hat dem Werk zu einem Lebenslauf voller Abenteuer verholfen, die Anekdoten übertreffen sogar die Rätsel um das Entstehen.

Der Grund: Velázquez malt eine irdische Göttin – Leben pulst unter Farbe und Pinselzügen. Die Zurücknahme in der Sicht von hinten wird in der Wahrheit des Abbilds mehr als aufgewogen, Erotik verstärkt eine Wirklichkeitstreue, deren Pose übermäßige Ausstrahlung unterdrückt. Den Zweck unterstützen Cupidos Plumpheit, ebenso der »erfundene« Raum. Obgleich ihn nicht mehr ausgewählte Objekte und ihre Anordnung vortäuschen, sind Zimmer und Lagerstatt erdacht. Seit den *bodegones* hat der Maler auf genaue oder wirkliche Innenarchitektur verzichtet; jetzt entsteht, unbestimmbar in seinen Ausmaßen, ein umgebender Raum aus Farben, Lichtbehandlung und Pinselarbeit.

In dem künstlichen Zusammenklang erreicht Velázquez, daß der lebensechte Körper jede hüllenlos gemalte Gestalt aussticht, die sich dem Beschauer zuwendet. Erfindung innerhalb eines Realismus des Nackten erhebt seine Gestalt über die Reihen ihrer »Vorbilder«, sie stellt das Geleistete in eine Kategorie für sich. Tizian oder Rubens, wenn sie die Venus von vorn zeigen, müssen blenden mit Busen und Schoß, Reinheit und Kolorit. Doch bei aller Anmut ihrer makellosen Leiber haftet an den Göttinnen fühlbar ein Anhauch von Malerei. Erstarrt im Schimmer unirdischer Vollkommenheit, verführen sie als Kunstgeschöpfe. Anders die Venus des Sevillaners, ihm gelingt seine Unbekannte so pulsierend, daß ihre Rückenansicht einer Aktfotografie gleicht. Heutigem Sehverständnis ist das Bild auf Anhieb vertraut; im Gemisch aus Abstand, Erotik, Poesie und Genauigkeit wirkt seine Idealgestalt anziehender als die Aphroditen Venedigs oder Flanderns.

Solange Nacktheit Inbegriff des Schönen war oder Verkörperung des Unzüchtigen, mußte dieser Akt einzigartig wirken oder unerträglich. Denn unter beiden Gesichtspunkten löscht der Realismus das Kunstwerk aus. Wie kein anderes hat das Velázquez-Geschöpf daher abwechselnd fasziniert oder verstört. Nicht das Thema, das Nackte in seiner packenden Darstellung, trieb vermutlich die englische Suffragette zu ihrer Tat. Das Weib Venus, so lebendig nah, so kühl und gelassen ins Bild gesetzt, es hat den Besitzer von *Venus und Cupido* immer wieder angestachelt. Zu Einfällen, wie sie Männern auch eine wirkliche Frau eingeben konnte. Zum Beispiel, ihre Schönheit vor guten Freunden auszustellen.

In der neueren Velázquez-Forschung hatte die erste Generation das Gemälde unter dem Titel *The Rokeby-Venus* erfaßt, beschrieben und gefeiert. Rokeby Hall, Landsitz der Familie Morrit, liegt abgelegen in Yorkshire. Auf den Rat des Malers und Porträtisten Thomas Lawrence kaufte der Hausherr John B. S. Morrit 1813 das Gemälde in London für fünfhundert Pfund – von nun an versinkt die Liebesgöttin ein knappes Jahrhundert in der nordenglischen Provinz. Als man das Bild 1905 erneut in der Hauptstadt anbietet, zahlt der Käufer das Neunzigfache der obigen Summe, und im folgenden Jahr zieht *Venus und Cupido* ein in *The National Gallery*.

Dort, auf der Saalseite der Velázquez-Gemälde, habe ich in Abständen ganze Nachmittage verbracht: meist ging es um die verzwickte Autorschaft in *La tela real*, der figurenreichen »Jagdreportage« vom königlichen Saustechen. Im Herbst 1997 konnte ich dabei, zwanzig Schritte entfernt, eine Führung mithören: Inmitten einer bunten Gruppe erklärte eine Frauenstimme die Szene von *Venus mit dem Spiegel*, beschrieb das Attentat der Messerstiche und schloß mit einem Streiflicht aus Yorkshire. Die Anekdote stammte von einer Großmutter, als Hausmädchen bei den Morrits beschäftigt: Um die

Jahrhundertwende war das *Venus*-Gemälde in Rokeby Hall im Diningroom aufgehängt – auf dem Ehrenplatz über dem Kamin. Freilich blieb die Szene tagsüber und bei den Mahlzeiten verhängt. Mit einem grünen Vorhang, und zwar so, daß, wer eintrat, höchstens den linken Fuß der Göttin zu sehen bekam. Im England jener Zeit war es Brauch, daß sich nach dem frühen Dinner die Damen zurückzogen, in den *withdraw room*. Auch im Speisezimmer der Morrits blieben die Männer nach Tisch unter sich, bei einem Glas Portwein. Eine Weile später, sobald die Pfeifen oder Zigarren in Gang gebracht waren, das Gespräch aber stockte, pflegte der Hausherr, unter bewunderndem Schweigen, den grünen Vorhang zur Seite zu ziehen – durch den Rauch enthüllten sich Schenkel, Spiegelbild, Hüften, Rücken, Schultern, Profil und Haar, bis schließlich der aufgestützte Arm zum Vorschein kam.

Philipp IV. beim Saustechen (»La tela real«)

Damit der Akt nach England gelangte, mußte zuvor in Madrid ein Machthaber und Günstling des Königs die Liegende besitzen wollen. *Ich stelle mir vor:* Manuel de Godoy hatte die Gelegenheit, den Herzögen von Alba die Leinwand zu entreißen, lange abgewartet. Der junge Mann aus niederem Adel, 1784 in die königliche Leibgarde eingetreten, bringt es in nur acht Jahren zum Herzog und ersten Minister – mit etwa fünfundzwanzig ist er Liebhaber der temperamentvoll selbstbewußten Königin *und* Günstling des arglosen Königs. Seine Politik unter Karl IV. scheitert am Aufstand in Aranjuez (17.–19.3.1808), als Napoléon seine Absprachen bricht, die französischen Armeen in Spanien einmarschieren, und im Mai die Madrider Aufstände gegen die Besatzungsmacht losbrechen. Für Godoy folgt die Verbannung, Habe und Bilder werden beschlagnahmt, doch *Venus und Cupido* darf der Staatsminister mitnehmen. Unter dem Ehrentitel »Principe de la Paz« (»Fürst des Friedens« [von Basel, 1795]) lebt er noch über vier Jahrzehnte im Ausland. Ein Datum ist nicht ermittelt, aber der Ausgewiesene hat sich, nach dem Oktober 1808, irgendwann von dem Bild getrennt.

In seinen Besitz gelangt war das Gemälde sechs Jahre früher: Obwohl bereits von seinen Posten entlassen, herrschte Godoy – vom König mit Ehren überhäuft – *de facto* weiter über Spanien. Unter den Herzögen von Alba hatte es zu diesem Zeitpunkt einen Todesfall mit Erbfolge gegeben, und Karl IV. selber befahl den Erben zu verkaufen. *Ich stelle mir vor:* Godoy will diesen Akt, den er aus dem Alba-Palast kennt. Nach einem Seitenblick auf die Königin María Luisa, wie sie Goya in zahllosen Porträts abbildet, will es scheinen, der Günstling habe bei diesem Handel den Beistand des Monarchen verlangt. Er erhält die Gunst, der König bestimmt den Verkauf: Godoy, offenbar Besitzer von Goyas Bilderpaar der liegenden *Maja*, kann die Velázquez-Venus entführen.

Der Rücklauf in der Chronik von *Venus und Cupido* springt jetzt bis ins 17. Jahrhundert: beheimatet in Madrid, gehört das Bild den Herzögen von Alba. Für hundertzehn Jahre, ohne Vorkommnisse. Zu Beginn dieser Zeitspanne ist allerdings ein Dokument aufschlußreich, erstellt vor dem ersten Besitzwechsel. Als die Erbin Gaspar de Haros den Herzog von Alba heiratet, hat man in Haros Gartenschloß, dem *Jardín de San Joaquín*, den Gemäldebestand gesichtet. Die Aufstellung vom 10.10.1692 folgt einem früheren Nachlaßinventar, vermerkt sind die unverkäuflichen Bilder neben anderen, die man veräußern will. Einige gehen an Hausangestellte, zum Ausgleich für unbezahlte Jahreslöhnung. Über *Venus und Cupido* ist zu diesem Zeitpunkt nicht entschieden; im Eintrag 11. fällt zunächst die fünfstellige Zahl auf: Mit den erwähnten sechzehntausend Realen steht am Ende einer der höchsten

Manuel Godoy (1767–1851), Porträt von Agustín Esteve

Schätzwerte. Von der Leinwand, in einem mit »dritter Raum« bezeichneten Zimmer oder Gang, heißt es: »Ein weiteres [Bild] einer nackten Frau, hingestreckt auf einem Bett, den Rücken kehrend, und Cupido, der einen Spiegel hält, worin man das Gesicht der Frau erblickt. 16.000.«[8] Wieder fehlt der Malername, das wirklich Bemerkenswerte sind aber drei Wörter, die vorangehen. Dort steht nämlich: *en el tejo*. Soll das unverhoffte »An der Decke« heißen, die Venus wirkte von der Zimmerdecke herunter? Vielleicht war die Nackte dort »außer Reichweite« aufgehängt, vielleicht war der »dritte Raum« ein Schlafzimmer und die Geliebte das Lustobjekt reifer Jahre geworden. Denkbar ist sogar, daß Don Gaspar das Aktbild einst zu diesem Zweck bestellte.

[8] López-Rey (1979), a. a. O., S. 452

II Ein »Trojanisches Pferd«

Josephs Rock wird Jakob überbracht

Der geltende Katalog kennt sieben erhaltene Gruppenbilder, entworfen als Einzelstücke oder Bilderpaare. Erstmals ist in diesem Buch umfassend das Netz ihrer Verknüpfungen in Komposition und Inhalt aufgezeigt. Die Kunstforschung hat es nicht erkannt, geschweige zu nutzen verstanden. So ist ihrem Blick bis heute eine »Huldigung an Peter Paul Rubens« entgangen. Velázquez erdenkt diese Hommage nach einem achtmonatigem Besuch des Flamen in Madrid, er hat sie komponiert mit Bildzitaten von Rubens und Tintoretto, ausgeführt in *Josephs Rock*, seine Tüfftelei jedoch pfiffig versteckt unter lauter »italienischen Einflüssen«!

Das Jahrzehnt nach der ersten Italienreise, genauer die Spanne von 1631– 1642, wird für den Sevillaner der Zeitraum eines stetig fließenden Schaffens. Nur beim anderen Romaufenthalt hat er ein paar Monate lang die Häufung übertroffen. In der Heimat kehrt ein ähnlicher Ausstoß nie wieder; der Kammermaler Philipps erfüllt endlich seine Aufgabe: er malt. Als Auftakt gehen *Josephs Rock wird Jakob überbracht* und *Merkur meldet den Seitensprung von Venus in der Schmiede des Vulkan* voran, künstlerisch wie handwerklich. Die Joseph-Szene scheint der eigentliche Ausgangspunkt – für das Paar und den Bilderreigen der dreißiger Jahre. Einerlei, ob er das Kirchengemälde 1630 in Rom beendet, zur Jahreswende in Neapel oder im Alcázar nach der Heimkehr, Velázquez nimmt darin gleichsam einen Anlauf: der Schwung trägt ihn durch die Hochblüte des Schaffens.

Seit Palominos frühester Lebensbeschreibung[9] pflegen Biographen beide Werke zusammen abzuhandeln. Sie sind aufeinander bezogen und wahr-

---

[9] Palomino, Antonio: *Vidas*, hrsg. von Nina Ayala Mallory, Madrid 1986, S. 165

scheinlich in kurzem Zeitabstand gemalt. Obwohl der Vermutung die Technik des Grundierens ebenso widerspricht wie die eigentliche Ausführung. Offenbar will sich der Dreißigjährige in neuen, wechselnden Sehweisen und Malverfahren ausdrücken. Auf Gegenstücke deuten Thema und Inszenierung, die den Zuschauer nicht unmittelbar einbeziehen. Ferner die ursprünglichen Abmessungen (223 x 250; 222 x 257 cm), und jeweils sechs Männerfiguren, ganz mit sich beschäftigt. Einen letzten Punkt liefert die abgestimmt gegensätzliche Beleuchtung: dem gewohnten Lichteinfall von links in der *Vulkanschmiede* ist die Lichtquelle in der Bibelszene *gegenübergestellt*. Der Betrachter hat sie sich hinten zu denken, außerhalb des Blickfelds, jenseits des bärtigen Alten.

Daß Velázquez mit der Szene aus der Josephslegende beginnt, erklärt vielleicht Außenseiterrolle und Schicksal des Werkes: 1634 in den Besitz der Krone gelangt, hängt es drei Jahrzehnte später im Kloster Escorial – sicher nachweisbar ab 1667. Bis heute. Eine Ausnahme bildete der Zeitraum zwischen 1809 und 1820: Franzosen hatten in den Napoleonischen Kriegen die Leinwand geraubt; nach einer Handvoll Jahren in Paris bringt sie die Rückgabe an Spanien vorübergehend zurück in die Residenz.

Angestammter Platz ist folglich der düstere Prachtbau Philipps II. an den Hängen der Sierra de Guadarrama. Der Escorial wiederum galt durch seine Kunstschätze von jeher als eine Art Vorposten der Madrider Sammlungen. Der kunstbeflissene Spanienreisende der Vergangenheit stammte meist aus dem Norden: Seit dem 19. Jahrhundert zunehmend aus England, vorher in der Regel aus Frankreich. Falls er die Hauptstadt über Bordeaux und Burgos anstrebte, und den Weg über Segovia nahm, stieß der Fremde im Escorial auf das erste Velázquez-Original. Besonders der englische Reisende, im allgemeinen gut belesen, mußte die Leinwand betroffen untersuchen. War das der gerühmte naturalistische »Shakespeare der bildenden Kunst«? Wo steckte er, der Porträtist, von dem Richard Ford 1851 im gleichen Aufsatz ausgerufen hatte: »Seine Bildnisse schlagen Lob und Beschreibung, man muß sie sehen«.[10] Eben die Bildnisse verweigert *Josephs Rock*. An ihre Stelle treten virtuose Pinselschrift, vielfältige Maltechniken, Theaterstil, bewegte Figuren und schauspielernde Gesten, ausnahmsweise eine betonte Gebärdensprache. Kurz: Barockmalerei. Mit dem Gemälde im Kapitelsaal als einzigem Augenzeugnis wäre der Sevillaner immer noch ein Meister unter den Großen in Spanien. Ohne eine weitere Leinwand von ihm, würde er zu einem »Maler anderer Couleur«. Der Escorial-Besucher von einst, ehe er den Sevillaner im Prado wirklich kennenlernte, hielt ihn vielleicht für den »iberischen Rubens«.

[10] Ford, Richard: *The Life of Diego Rodríguez de Silva y Velázquez*, in: Penny Cyclopaedia, London 1851

▼ *Die Schmiede des Vulkan*

Die Joseph-Szene gehört zum Geschichtenschatz im Alten Testament: »*Jakob* aber hatte Joseph lieber als alle seine Kinder, darum daß er ihn im Alter gezeugt hatte; und machte ihm einen bunten Rock.« (1. Mose 37,3). Die Brüder hassen ihn, wegen des bunten Rocks, wegen seiner hochfahrenden Träume, die er ihnen selbstgefällig erzählt. Als ihn der Vater ausschickt, damit er die Hütenden bei der Arbeit überwacht, ergreifen sie den Jungen, reißen ihm den verhaßten, stattlichen Rock vom Leibe. Statt den Nackten sofort zu erwürgen, wird er in eine ausgetrocknete Zisterne geworfen. Dann, bevor er dort verdurstet, bieten sie ihn für Geld vorüberziehenden Kaufleuten an. Jetzt muß Jakob Nachricht erhalten. »Da nahmen sie Josephs Rock und schlachteten einen Ziegenbock und tauchten den Rock ins Blut und schickten den bunten Rock hin und ließen ihn ihrem Vater bringen und sagen: ›Diesen haben wir gefunden; sieh ob's deines Sohns Rock sei oder nicht.‹ Er kannte ihn aber und sprach: ›Es ist meines Sohnes Rock; ein böses Tier hat ihn gefressen, ein reißendes Tier hat Joseph zerrissen.‹ Und Jakob zerriß seine Kleider [...] und trug Leid um seinen Sohn ...« Die Sekunde, als der Vater das Kleidungsstück erkennt, hat der Maler ausgestaltet.

Der Augenblick gab im Hinterlassenen das dramatischste Thema vor, in Betrug und Erschrecken zugespitzt auf äußerste Wirkung. Dennoch fehlt den Protagonisten das *Velázquezsche* Mienenspiel. Welch ein Unterschied zur Ausdruckskraft im Gegenstück! – der Verblüffung in den Zügen Vulkans und seiner Zyklopen. Weder Gesicht noch Gebärde Jakobs spiegeln in *Josephs Rock* die Schrecksekunde des »Er kannte ihn aber ...«. Den Schwerpunkt, die Schnappschüsse von Betroffenen, hat Velázquez vermieden, ob er den Vater darstellt oder die Boten, nicht zuletzt beim Beweisstück. Die Kleider will er nicht als »einen Rock« abbilden, nicht einmal »bunt«. Die Weste gibt er einfarbig wie das Hemd, ihr Tuch ist nirgends blutbefleckt, geschweige von einem Tier zerfetzt. Bedeuten die Abweichungen optische Winke? Der Autor scheint nämlich in dem Gemälde in mancherlei Weise *außer sich*.

Als Komposition eines Porträtisten muß das *Joseph*-Gemälde weiter befremden. Velázquez, der eine Figurenkette entwirft, beginnt, indem er ein völlig abgewandtes Modell an den linken Bildrand stellt. Neben ihm ist ein Profil, bis zu den Backenknochen hinab verborgen, unter einer kugeligen Lockenfrisur; der nächste Darsteller guckt mit abgewandten Kopf und verdrehten Augen über seine linke Schulter. Es folgen zwei Gesichter im Halbdunkel, statt durch Mienenspiel bestimmt durch Gebärden oder Kopfhaltung. Schließlich läuft »die Wellenlinie der Köpfe« aus in einem schauspielernden Greisenprofil, schwarzhaarig, mit wallendem, weißem Bart.

Die Wahl der sechs Gestalten wiederholt sichtlich den *Bacchus* – die Figurenkette mit den zwei Nackten, den drei wettergegerbten Trinkern und dem Spielmann. Und wer die Hauptwerke durchforscht, sieht, wie die »Wellenlinie« aus fünf oder sechs Köpfen wiederkehrt. Mit Ausnahme von *Anbetung* und *Die Übergabe von Breda* variiert der Autor in den Entwürfen stets die gleiche »melodische« Grundidee.

Die Wellenbewegung als Urform der Melodie scheint ein Grundmotiv, wo immer Velázquez seine Darsteller *nebeneinander aufreiht*. Zugegeben: Die Gesichter oder Profile hat er nicht als Fragment einer Melodie angelegt, gesehen oder gar gehört. Doch wie er die Wellenlinie anordnet, zeigt sich die Entsprechung auch graphisch, sobald das Auf und Ab musikalisch notiert wird; und im Deutschen reicht die Analogie gar bis in den Wortschatz – mit den Noten*köpfen*. Was Velázquez in seinen Gruppenbildern malend *komponiert*, könnte jeder Musiker aus der Leinwand abspielen, unter Verwendung eines imaginären Liniensystems.

Um seine »Motivreihe« recht herauszuheben, hatte der Maler im *Bacchus* die »Melodie« auf die eigentlichen Bildnisse verteilt. Auf jenes halbe Dutzend Zechbrüder, deren Züge er erkennbar ins Licht setzt. Die Betonung verstärkt noch den Gegensatz zur folgenden Sechserkette in *Josephs Rock*, da Velázquez seine Porträtkunst völlig ausschaltet. Mit Absicht, wie Röntgenbilder zeigen: Das Profil des Halbnackten mit Josephs Kleidern in beiden Händen besaß anfangs Stirnansatz und Blick. Die Lockenfrisur ist nachträglich heruntergezogen bis über Augen und Nasenwurzel. Zugleich hat der Maler die Nase verändert, die anfangs spitz war, lang und gerade. Die Komposition verweigert das Porträt – mit zwei ausgesparten Gesichtern, zwei im Halbdunkel angedeuteten, einem Profil und einem Antlitz, das den Blick wegwendet vom Betrachter. So kann *Josephs Rock* den Versuch bedeuten, ein Kuriosum aufzubauen – ein »anonymes« Gruppenbild! Mit lebensgroßen Ganzfiguren, aber *ohne* Bildnisse.

In *Josephs Rock* hilft sich Velázquez gegen das Dutzend bloßer Füße durch die Beleuchtung, einen Fliesenboden mit dämpfendem Schachbrettmuster, das flache Podium und den Teppich. Er hat bei den Porträts eingespart und die Füße zurückgenommen – unvermeidlich tritt »das Gewirr« der Beine und Arme hervor. War im *Bacchus* die Wirkung aus Gesichtern und Händen hergerichtet, überwiegen beim Gesamteindruck von *Josephs Rock* Köpfe und Glieder. In der *Vulkanschmiede* werden Profile und Körper vorherrschen.

Der Einfall, Gestalten in Bewegung zu entwerfen, aber die Bildnisse fortzulassen, hat eine bemerkenswerte Parallele bei Tintoretto. Der Venezianer stellt sich 1547 die gleiche Aufgabe, auch er ist etwa dreißig Jahre alt. In seinem *St. Markus befreit einen Sklaven* (Venedig, *Gallerie dell'Accademia*) gibt es unter sechsunddreißig Darstellern kein Vollporträt; dafür sind durch Abwenden und Vornüberneigen mehr als zwei Drittel der Gesichter verkürzt oder ausgeblendet. Velázquez kannte vermutlich das Bild in Venedig, es mag ihn bestärkt haben, es hat ihn nicht angeregt. Ein ähnlicher Versuch, dem Porträt zu entkommen, war lange vor der Italienreise bewältigt. Noch in Andalusien malt er *Zwei Männer nach Tisch* – »anonyme« Gestalten, seine frühesten »Anti-Porträts«. Das Kirchenbild ist vermutlich weitergeführt im »Nichtporträt« der *Venus mit dem Spiegel*, und am Lebensende steht die »gesichtslose« Komposition mit *Merkur und Argus*.

Was eigene Vorgaben angeht in *Josephs Rock*, wird sich der Porträtist nach fünfundzwanzig Jahren in einmaliger Weise ausstechen. Ehe er in der Hofszene mit Infantin, Königspaar und Selbstbildnis sein Schaffen unübertrefflich zusammenfaßt, wendet er sich ab, malt die Frauengruppen der *Arachne*-Fabel, und hat im Gegenstück seine reife Bildniskunst aufs neue beiseite gesetzt.

Der Leser weiß es inzwischen: Unerwartetes ist am ehesten zu erhellen durch Umschau im Werk. So erschließt sich die Aufgabenstellung in der »porträtlosen« Bibelszene durch die mythologische Fabel aus der Mitte der fünfziger Jahre: In der *Arachne*-Szene kann sich Velázquez in jeder Einzelheit übertreffen, er wiederholt aber das einstige Gemälde in allen Hauptpunkten. Daß Entwurf und Ausführung, maltechnisch untersucht, eine solche Gedankenverbindung bestreiten, ist eine seiner Finten.

Zwei Männer nach dem Essen

Merkur und Argus

Für die Malarbeit erlaubt das Kirchenbild einen letzten Einblick bis hinab auf den Malgrund – alle Vorarbeiten sind Zug für Zug durchschaubar. Keine Röntgenaufnahme der Gruppenbilder bietet eine ähnliche Lesbarkeit. Klar, eindeutig bei Figuren und Gegenständen, tritt die Modellierung zutage. Was die Technik der Anlage, die Plastizität des Entwurfs anbetrifft, gehört die Leinwand in die gradlinige Nachfolge von *Anbetung* und *Bacchus*. Freilich sind da Unterschiede: Der Pinsel trägt jetzt weniger Farbe auf, er legt für das fertige Detail so dünne Farbschichten übereinander, daß die Laborbilder immer gerastert sind vom Korn der offen gewebten, neapolitanischen Leinwand. Velázquez erprobt sichtlich technische Mittel, die ihm (nach den Studien in Italien) zu Gebote stehen. Erst als er unter ihnen ausgewählt hat, fügt er *Die Vulkanschmiede* hinzu für den eigentlichen Neubeginn. Er nutzt von nun an den hellen Malgrund, und das Thema führt ihn zurück zum Porträt und seiner geläufigen Bildersprache. In diesem Rahmen wird er den weiten Aufgabenkreis der dreißiger Jahre angreifen.

Als er am Kirchenbild malt, hat er sein Ergebnis auf den mannigfaltigsten Wegen erreichen wollen. In dem Nebeneinander gegensätzlicher Maltechniken knüpft sich dabei der Faden zum Frühwerk. Wie im *Wasserträger* soll virtuose Ausführung ablenken vom eigentlichen »Kunststück« und von einer Verfremdung des Alltags. Im *bodegón* hatten das Ziel Varianten der *Sevillaner* Pinseltechnik erreicht. Ihrer frühen Gewandtheit waren in ähnlichen Malverfahren die drei Gesichter gelungen, Glas und Tongefäße, Wams oder Kittel.

Der Sprung von *Josephs Rock* ins Spätwerk bedarf keiner Beweisführung: »Malkunst« schlechthin wird immer aufs neue ausgegeben für das eigentliche Thema in *Die Fabel der Arachne*. Und wieder ist die Leinwand zwiefach Ausnahmebild, als malerisches Lehrstück und in der Weigerung, durch Bildnisse oder Mienenspiel zu wirken. Es ist der »Maler der Maler«, der sich in den Werken äußert. Er breitet gleichsam Lernfrüchte der Meisterjahre aus in »Arbeitsbildern«: Erkenntnisse aus dem eigenen Sehverständnis, verwirklicht von seinem überragenden Handwerk. Jene Briefstelle, wo ihn Edouard Manet mit dem Halbsatz feiert »C'est le peintre des peintres«, führen die Biographen immer wieder an, ohne je das Vorgehen zu durchschauen. Eben in der Eigenschaft als Maler für Maler legt er in Abständen angesammeltes Wissen und Können nieder. Er faßt es zusammen – aber in einem Außenseiterwerk. Und in solche Rechenschaftsberichte eigener Kunst bezieht er absichtlich Zitate ein, aus den Werken ausgesuchter, bewunderter Maler: Michelangelo, Tizian, Tintoretto, Rubens.

Die Fabel der Arachne

Velázquez entwirft also in *Die Fabel der Arachne* und *Josephs Rock* Gruppenbilder ohne Porträts, aber mit einer tragenden Rolle der Gebärdensprache. In beiden Fällen nutzt er das Thema für ein freies Spiel maltechnischer Mittel. Läßt sich der Einklang verlängern? – Da er in die Spinnstube Anleihen bei großen Malern einarbeitet, mußte er in *Josephs Rock* auch auf diese dritte Komponente verfallen sein.

In den Überlegungen an diesem Punkt angelangt, habe ich wirklich begonnen, bebilderte Handkataloge und Ausstellungsverzeichnisse nach einem Vorbild zu durchsuchen. Unter dem Stichwort *Rubens*. Um 1630 und nach ihrer persönlichen Begegnung zwei oder drei Jahre zuvor – wer sonst konnte der Künstler sein, den seine Malerei damals zu feiern wünschte. Gewissermaßen im Vorgriff auf die *Arachne*-Komposition.

Natürlich kehrt der Gedanke an Tintoretto zurück: An die Schachbrettmuster seiner Fliesenböden, an »Nicht-Porträts« wie er sie anhäuft in *St.*

Markus befreit einen Sklaven. Aber beides sind zweitrangige Elemente in *Josephs Rock*, Velázquez hat die Hauptfiguren nicht bei dem Venezianer entliehen. Der endlos zähen Suche nach Anleihen ist ausgerechnet die eigentliche Quelle entgangen. Der Maler hat sie gekonnt versteckt, unter lauter Einflüssen seiner Italienreise. Will er Kenner oder Fachleute irreführen? Da niemand die List durchschaut hat in nahezu vierhundert Jahren, ist schwer vorstellbar, dem Werk sei sein Geheimnis »aus Versehen« beigegeben. Die Huldigung, der wiederkehrende Bestandteil im »Gruppenbild ohne Porträts«, in der Bibelszene gilt beides Peter Paul Rubens.

Das verlorene Gemälde mit dem Anstoß zu *Josephs Rock* war mutmaßlich ein frühes Werk des Älteren: Er müßte es südlich der Alpen gemalt, der Sevillaner Italienreisende das Original gesehen haben und im Gedächtnis behalten. Ausgerechnet der *Prado* besitzt das Beweisstück, *Das Urteil Salomos.* Eine Kopie aus der Rubens-Schule, seit 1746 nachgewiesen im Palast von La Granja.[11] Die Übernahmen sind eindeutig, sie umfassen den Nackten in Rückenansicht, die sitzende Figur des Gebieters mit einem Anflug ihrer Gestik, Sessel, Podium, Teppich und den Hund vorn am Bildrand.

Was stammt also aus Italien? Die Prado-Untersuchungen haben für das Gewebe unter *Josephs Rock* ergeben, daß die Schußfäden nur etwa ein Drittel der gewöhnlichen Dichte aufweisen. Den Befund erläutert ein erstaunlicher Halbsatz: »Die Gewebeart steht in Verbindung mit den [Leinwänden], die sie in Neapel verwenden ...« Weiter vermerkt sind ausgefallene Grundierungsmittel und ein seltenes Gelbpigment, ebenfalls Materialien aus der Gegend von Neapel. Velázquez hätte sie versuchsweise verwendet.[12] Da bekannt ist, daß bei der Ankunft in Rom *spanische* Leinwände in seinem Gepäck steckten, hat der Sevillaner seinen Vorrat möglicherweise vor der Abfahrt aufgefrischt mit *neapolitanischen* Webstoffen und Malmitteln. Um sie zu Hause auszuprobieren. Solche Erkenntnisse zwingen, den Entstehungsort *beider* Bilder zu überdenken. Der Maler war in Neapel, freilich für kurze Zeit und *im Anschluß* an den Romaufenthalt. Falls er in Süditalien, außer einem Bildnis der Infantin, das Kirchengemälde schuf, hätte er Pacheco auch von *Josephs Rock* berichtet.

---

[11] Díaz Padrón, Matías: *Museo del Prado – Catálogo de Pinturas I*: Escuela flamenca (Siglo XVII); Madrid 1975, (Textband S. 340, Abbildungsverzeichnis S. 215; Inventar-Nr. 1543)

[12] Garrido Pérez, Carmen: *Velázquez – Técnica y evolución*, Madrid 1992, S. 16 und S. 229

Das Urteil Salomos (Kopie nach P. P. Rubens)

Wo bleibt Rom? – laut Palomino war die Ewige Stadt Entstehungsort von *Vulkanschmiede* und *Josephs Rock*. Für das Kirchenbild klingt das Faktum mehr und mehr erfunden. Das Hauptmuster des Entwurfs liefert Rubens, aus Venedig stammen vielleicht Anstöße zu Maltechnik, Fliesenmuster oder dem Verzicht auf Gesichter. Das Leinwandtuch, die Grundierungsmittel, mitsamt dem einen oder anderen Pigment, hatte sich Velázquez in Neapel verschafft. Das Kirchenbild konnte er dort malen, das Gegenstück vielleicht im Alcázar. Was die Grundierung der *Vulkanschmiede* angeht, rückt die Radiographie sie ohnehin neben zwei Madrider Ganzporträts: *Auf den drei Leinwänden ist – um 1631 – einerlei Malgrund aufgetragen in gleicher, charakteristischer Weise.*

Daß beide Szenen die Rückkehr nach Madrid abwarten mußten, ist die glaubhaftere Alternative. Selbst in *Josephs Rock* wirkt, was sich als Szenerie hinter den »Botschaftern mit dem Rock« ausbreitet, nicht italienisch, noch den römischen Gartenansichten in der Malweise verwandt. Zu sehen ist ein Ausschnitt aus felsigen, karg bewaldeten Hängen oder Bergrücken unter einem hochblauen, kalten Himmel – dieser Fond erinnert an die Berge nördlich von Madrid. Der Maler hat ihn auf seinen Dienstreisen zum Escorial finden können. Eine ähnlich andeutende Quintessenz kehrt in den spanischen Gemälden wieder – vom *Bacchus* bis zu den Reiterbildnissen oder Jägerporträts aus der Mitte der dreißiger Jahre.

Für Rom bleiben die Gartenansichten aus der Villa Medici, die offenbar umschließen, was auf der Italienreise *sicher* am Tiber entsteht. Für *Josephs Rock* und *Vulkanschmiede* ist, beim Wissensstand, die Datierung in die römischen Monate völlig willkürlich.

Neapel, vielleicht das Palastatelier, sind der Entstehungsort der »Hommage à Rubens«. In seinem Kirchenbild hat der Spanier die flämische Rhetorik mit einem Blick zergliedert, den er in Italien geschult hatte. Doch einrichten wird er die Bibelgeschichte nach eigenen Grundmustern. Ich kann mir jedenfalls nicht vorstellen, daß *Velázquez* die Anknüpfungen nach rückwärts außer acht gelassen hätte. Diese Übernahme bot sie ihm als Dreingabe. Bei der Arbeit hat *er* schwerlich die nie bemerkte Analogie zu seinem früheren Gruppenbild übersehen: Links ein Nackter gegenüber ein Bärtiger im Profil, dieser mit einer »sprechenden« rechten Hand, jener halb abgewandt vom Betrachter – mit solchen Figuren war der Umtrunk im *Bacchus* eingerahmt.

Vollends unglaublich mutet der weitere Gebrauch an. Daß Velázquez, der in *Josephs Rock* willentlich Rubens zitiert, und nebenbei an ein früheres Werk anknüpft, bereits auf die Komposition der *Arachne*-Fabel abzielt. Doch genügt der Augenschein: Der Spanier nimmt die Henkergestalt aus dem Mittelpunkt der Vorlage heraus und stellt sie an den linken Bildrand. Mit der Änderung faßt er *seine* Szene durch die Hauptfiguren ein, die dennoch die Rubensschen Protagonisten bleiben: Salomo hat er in Jakob, den Henker in den abgewandten Sendboten verwandelt. Und wie er jetzt das Geschehen zwischen dem Alten und dem Nackten einrichtet, wird er gegen 1655 die Epheben Michelangelos umschaffen zu »Eck«figuren in *Die Fabel der Arachne*. Radiographie hat nämlich aufgedeckt, daß die Gruppe der Spinnerinnen anfangs beschränkt war. Die Randgestalten sind nachträglich umgearbeitet und erweitert; die linke ist neu hinzugekommen, weil Velázquez *noch ein* Selbstzitat einarbeiten möchte.

Der doppelte Rückgriff – auf ein fremdes und ein eigenes »*Vor*«bild – bleibt kein Einzelfall. Unter den Bildnissen ist nach diesem Muster in Fraga 1644 das Königsporträt entworfen.

In den Reigen ständiger Anklänge und Wiederaufnahmen fügt sich stimmig ein, daß *Josephs Rock* Komponenten für das Schlußwerk mit dem Selbstbildnis vorwegnimmt. Ein Beispiel genügt: In einen halbdunklen Mittelgrund gestellt, tritt beide Male ein Statistenpaar auf. Durch Gestik oder Kopfhaltung bestimmt, stehen eine Ehrendame in Klostertracht und ein Hofbeamter auf dem Platz der zwei Schattenfiguren aus Jakobs Gesinde. Diese Absicht unterstreicht, daß der Maler vorn noch den Hund hinzufügt. Umsonst: Das deutlichste unter den Selbstzitaten in *La Familia* ist keinem fachkundigen Blick aufgefallen.

Vielleicht hat der Sevillaner selber eine Geistesverwandschaft entdeckt zu Ovid und seinem mythologischem Reigen stetiger Verwandlung. Velázquez-Interpretation kann gewiß von einer »Malerei der Metamorphosen« reden: Von einem »Ovid mit Palette und Pinsel«. Unablässig hat sein Einfallsreichtum Posen und Bildgestalten umgeformt, Einzelheiten oder Entwürfe erneuert. Er beginnt mit *bodegones* oder *Anbetung*, über das »italienische« Bilderpaar gelangt der Autor zu *Die Hoffräulein* und *Merkur und Argus*.

Nicht gemeint an dieser Stelle ist die Fähigkeit des Umschaffens von Menschen und Dingen: Daß es ihm beim vorgeblichen »Abmalen« gelingt, im Bildeindruck die Wirklichkeit in »die Wahrheit« zu übersteigern. Gemeint sind die Metamorphosen der Figuren oder die Variationen eigener Grundformen – sie folgen sich unbemerkt, *wobei sie von Werk zu Werk ein wachsendes Vokabular der Ablenkung begleitet*. Von jeher gelten die technisch-handwerkliche Seite und ihre »Fortschritte« als eigentliche Stärke, doch beharrlicher verfeinert der Künstler in ihm Reichweite oder Aussagekraft seiner Kompositionselemente. Dabei erproben Sehverständnis und Pinsel bewährte, immergleiche Mittel, selbst in gegensätzlichen Themenkreisen. Eigene Einfälle treten mit den Jahren nachdrücklicher auf, zugleich ist das Gewicht fremder Beigaben verstärkt, die eine andere Fährte legen. Diesem Vorgehen fehlen die Einschnitte, auf denen die Forschung beharrt – sei es beim Ruf an den Königshof, im Zusammensein mit Rubens oder während eines Italienaufenthalts. Die Wechsel und Anknüpfungen vollziehen sich unablässig, ohne erkennbaren Anstoß, nahezu fünfundvierzig Jahre hindurch.

Ein einzigartiger Bannkreis, eine geheimnisvolle Welt der Gedanken, Fähigkeiten, künstlerischen Ansprüche und Zielsetzungen, erlauben dem Sevillaner, den Kern des Werkes unbeirrbar nach eigenen Grundmustern zu gestalten: *Der einzige Maler, auf den Diego de Silva lebenslang wirklich zurückgreift, heißt Diego Velázquez.* Zitate folgen einander, beharrlich von Bild zu Bild. Zu untersuchen bliebe, ob nicht das Selbstzitat überhaupt die Keimzelle der Kompositionstechnik darstellt. Eigene Einfälle scheinen – in mehrschichtigen Anknüpfungen – das gesamte Schaffen zu durchwandern. Kirchenbilder oder die Huldigungen in *Josephs Rock* und der *Arachne*-Fabel ausgenommen, bleiben Anleihen aus fremder Malerei Nebensache oder Vorwand. Velázquez hat sie möglicherweise als Finten verwendet, mit Absicht eingebaut als falsche Fährten, zur Irreführung des gelehrten Beschauers.

III Der ungleiche Einklang

Die Velázquez-Skizze *Die Nähende* – obwohl Vorstufe zu *Die Dame mit dem Fächer,* einem Schlüsselwerk seiner Porträtmalerei – war das 20. Jahrhundert hindurch Opfer widersprüchlicher Stilkritik. Heute ist sie nicht stichhaltig datiert noch eingeordnet oder gedeutet. Das beginnt beim Titel, die Studie sollte ihn in Anführungsstrichen tragen, er ist unvereinbar mit Kleid und Dekolleté und Spanien.

Sein amerikanischer Besitzer hatte das Bild im März 1927 gekauft und Ende 1930 dem *Prado*-Direktor vorgelegt für ein Gutachten. Francisco Sánchez Cantón befand nach mehr als einem Dutzend Jahren Abwägen, die Zuschreibung als »Velázquez« wäre unannehmbar. Mitte der sechziger Jahre wird er *das* Werk doch als eigenhändig anerkennen, *den Kopf* hatte er 1945 beglaubigt. Zu diesem Zeitpunkt hing das Streitobjekt längst in Washingtons *National Gallery of Art*. Drei Jahre später erscheint im benachbarten New York der gewichtige *Velázquez*-Band von Elizabeth du Gué Trapier: »*Die Nähende*« ist nicht erwähnt.

Inzwischen übergeht keine Neuerscheinung von einigem Umfang das merkwürdige, gar nicht so rätselhafte Porträt. José Gudiol vertritt 1973 nachdrücklich die Authenzität der Handschrift – ein Textabschnitt würdigt ihr Können in den skizzierten Händen.[13] Der Fund ist bei Gudiol dennoch ein Blütenzweig an toten Ästen: den Treffer entwerten Hinweise auf das falsche Modell, samt Fehleinschätzungen zum Entstehen. Der Autor erkennt in der Frau »Die Dame mit dem Fächer«, er legt aber die vierziger Jahre zwischen beide Werke. Für die Skizze – *mit der jüngeren Erscheinung im selben Kleid* – hat Gudiol »etwa 1650« angegeben, das Modell hält er für Juana Pacheco. Wer ihm folgt, und die recht freizügig aufgenommene Gestalt für die Gattin nimmt, ihr das wenig spätere, verjüngte Selbstbildnis in *La Familia* zur Seite stellt, gelangt unversehens zu einem stattlichen Ehepaar.

---

[13] Gudiol, J.: *Velázquez*, Barcelona 1973, S. 292

Die Dame mit dem Fächer (Francisca de Silva)

Der Schlüssel zur Ölstudie liegt anderswo. Gängige Fehldeutungen des Bildinhalts, die Rätsel bezüglich Daten und Modell, das Unbehagen an der Pinselarbeit mit dem Gefolge seiner Zweifel am Urheber – jede offene Frage beruht auf der Einmaligkeit der Malerei. Die Leistung will sich nicht einordnen lassen, der Hinterlassenschaft fehlt handwerklich Gleichartiges. Erst eine Übersicht anderer Unfertigkeiten würde den Echtheitsbeweis erbringen. Gäbe es aber ein Dutzend ähnlicher Stücke, müßte das geltende Werkverzeichnis schrumpfen: Es ließen sich klare Grenzen nachweisen zu vermeintlichen »Originalen«, zum anderen die Arbeitsvorgänge in diesen Gemeinschaftsporträts aufklären.

Doch wie die Hinterlassenschaft vorliegt, hat niemand den Glücksfall von Vorstudie und Werk bemerkt. Das Seltsamste ist, daß bisherige Anstrengungen der Deuter die Kluft zwischen den Gemälden aufreißen. Jede Äußerung scheint auf das Ziel gerichtet, am Inhalt vorbeizusehen, offenkundige Bezüge zwischen den Bildern zu verdecken oder zu leugnen. Das Fehlen ähnlicher Paare hat auch verhindert, in »Die Nähende« und *Die Dame mit dem Fächer* die Bilder*folge* zu erfassen.

Solange »Originale«, gemalt wie die Narren Barbarroja oder Calabacillas, allerorts für eigenhändig gelten, hat echte Unfertigkeit einen schweren Stand. Still im Auftreten, wirkt ihre Schlichtheit simpel, sie verblaßt neben der unfreiwilligen Originalität in Malleistungen des Velázquez-Ateliers. Die Studie gehörte lange zu den umstrittensten Stücken im Nachlaß. Eine legitime Tochter, hat sie über Jahrzehnte recht verloren gelebt inmitten der Nachkommenschar von »eigenhändigen Werken aus Helferhand«.

War in Madrid der Zufall schuld oder die Bequemlichkeit? Anscheinend erlaubt Velázquez der Nachwelt, ihm für einen Moment über die Schulter zu schauen beim Arbeiten. Und möglicherweise reicht der Einblick weit hinaus über die fraglichen Werke: Der Entwurf könnte den Prototyp einer *Velázquezschen Vorstudie* bedeuten. Unanfechtbar wiederholt das Bilderpaar Gestalt und Garderobe, damit ist *Die Frau über einer Näherei* weder Genreszene noch Zufallsskizze. Vielmehr zeigt Velázquez sein Modell, bevor es in großer Toilette posiert als *Die Dame mit dem Fächer*. Die Ölstudie, indem sie eine unbedeutende Vorarbeit zur »malerischen« Aufgabe leistet, erhellt vielleicht einen Schritt beim »künstlerischen« Vorhaben. Sichtbar würde die Gedankenarbeit des Malers, mit einem Zugang, wie er sonst nirgendwo gelingt. Die Annahme mag befremden, bei einigem Nachdenken rechtfertigt sie sich im Zielporträt: Abbild und doch Erfindung, wahrhaftig, aber nicht wirklich, ist *Die Dame mit dem Fächer*, wie kein anderes, zugleich Bildnis *und* Kunstwerk.

Zum Modell: Zwar *erschafft der Künstler* mit seiner Arbeit an den Gesichtszügen der Halbfigur den merklichen Unterschied in Aussehen, Alter und Ausstrahlung. Gleichzeitig hält sein Maleraugen getreulich den besonderen Haaransatz fest, und die Einzelheit genügt, um sich vom Doppelauftritt des Modells zu überzeugen. In Velázquez' weiblichen Porträts setzt das Haar auf der Stirn nicht mit einer vollen Rundung an. Ob Perücke oder Naturhaar, meist stößt es in der Stirnmitte ein wenig vor – wie mit einer kleinen Spitze, hin zur Nasenwurzel.[14] Beim Modell mit der Näharbeit wiederholt sich der Haaransatz, aber links neben der kleinen Spitze gibt es zusätzlich einen Haarwirbel. Im Vorbeugen öffnet sich dort das dichte Haar und läßt ein bißchen Kopfhaut sehen. Das Bildnis mit dem Fächer, wo, unter dem Gewicht der Mantille, die Frisur weiter auseinandergeht – zeigt den Wirbel an gleicher Stelle!

Wenn die Skizze erkennbar Ansätze zu Garderobe und Schmuck vorwegnimmt, wird das angeborene Merkmal im Haar bestätigt. Es ist die Wiederkehr von Autor und Modell, von Kleidung und Zubehör, die verlangt, Anführungsstriche zu setzen an »Die Nähende«. Wie so häufig bei Originalen verdeckt sein Rufname das Werk. Ersetzt durch *Studie zu »Die Dame mit dem Fächer«*, rücken Autor und Entstehen zusammen, jede Einzelheit wechselt ihren Sinngehalt oder die Aussage. Das Modell, die Kleider stimmen überein, dafür wirkt die Szene gestellt – wer zieht schon ein mächtiges, derart ausgeschnittenes Kleid an, um ernsthaft Näharbeit zu verrichten.

Was Doña Francisca[15] angeht (denn es handelt sich um die Tochter des Malers) und ihre Toilette: Sie hat sich nicht völlig gleich gekleidet und zurechtgemacht – im Abstand von sechs Jahren oder mehr![16] Überhaupt: Warum sollte sie für ihr vages Bildnis mit dem Nähzeug so herausgeputzt antreten, um sich am Ende so unvorteilhaft abgebildet zu sehen. Ihr Dekolleté ist der nächste Punkt: Als Velázquez sie malt, war es längst verboten. Der tiefe Ausschnitt, mit dem Marie de Rohan Ende 1637 Madrid überrumpelt hatte[17], wurde ein gutes Jahr nach der Abreise der Französin unterdrückt. Seit April

---

[14] Eine Ausnahme macht, von seinen Madonnen abgesehen, die jüngste Infantin Margarita María.
[15] José Ortega y Gasset hat mit Recht angemerkt: »Die leicht gewölbte Stirn und die weit auseinanderliegenden Augen lassen eher an eine Portugiesin denken.« (*Velázquez*, Zürich 1953, S. XLII)
[16] Bottineau, Yves: *Velázquez*, Paris 1998, S. 201 und 221
[17] Eine anonyme Madrider Gazette in Briefform hat gemeldet, man wisse über das Kommen der Herzogin lediglich, daß sie ihr Leben retten wollte, weil es in Frankreich [von Kardinal Richelieu] bedroht war. »Sie beträgt sich in allem mit großer Bescheidenheit; und Diego Velázquez malt jetzt ihr Bildnis, in französischem Kostüm und Stil.« (*VV II/S. 245:70+71*)

Studie zu *Die Dame mit dem Fächer* (»Frau über einer Näherei«)

1639, war sogar angeordnet, daß sich nur zugelassene Prostituierte öffentlich so zeigen dürften – damals war Mazos Frau eben zwanzig, der Vater und das Atelier malten an Bildern für den Buen-Retiro-Palast. Die vierziger Jahre sind auch deshalb der glaubhaftere Zeitrahmen für Franciscas Malsitzungen.

Dem Künstler im Maler ging es um weit mehr als ein Familienbildnis. Mutmaßlich hat er sich für die gewagten Vorstöße in der Porträtmalerei sein Modell seit je in enger Umgebung gesucht. Der gleiche Hergang läßt sich 1623 unterstellen, vor dem Umzug nach Madrid: Velázquez könnte mit dem *Brustbild eines jungen Mannes* im *Prado* eine ähnliche Vorstudie hingeworfen haben – für ein eiliges Porträt Philipps IV. Zum Modell für den Malversuch hätte er damals Juan gewählt, den nächstjüngeren Bruder. Auch jetzt fehlt freilich das letzte Glied zu einer haltbaren Beweiskette. Immerhin: Daß es sich bei der Frau um eine Verwandte handelt, lassen die vorgetäuschte Näherei vermuten oder der Widersinn im Kleid.

Velázquez zielt in *Die Dame mit dem Fächer* sichtlich weiter als auf das Abbild der Person – will er »das spanische Frauenbildnis«? Anlaß könnte ein Malexperiment sein, im Porträt steckt ein Wagestück: die Verwandlung der Züge ist offenbar Thema und Aufgabe. Für diese Zwecke holte sich der Künstler keine Fremde vor die Staffelei, er bittet die strahlend schöne Tochter.
  Er läßt die junge Frau das Kleid mit dem weiten *guardainfante* anziehen: neu in der spanischen Mode, tritt der Reifrock erstmals auf beim Maler. Sie hat sich frisiert, ihr Dekolleté hergerichtet, die Halskette umgelegt. Für das kommende Porträt fehlen nur Fächer und Rosenkranz, denn mit dem Umhang könnte die Mantille über die Schultern gebreitet sein. Beide Kleidungsstücke verdeckt das weiße Frisiertuch, der Umhang schaut darunter hervor auf dem linken Oberarm. Auch seitlich der anderen Hand ist in einer Spitze ein Stück stehengeblieben. Das Tuch verdeckt das Übrige, es möchte die festliche Garderobe vereinfachen. Aber Francisca war fertig gewesen – angezogen zur verabredeten Malsitzung.
  Und genau an diesem Punkt, als sie ihre Toilette abgeschlossen hat, verlangt Velázquez, sie solle sich über eine Näharbeit setzen. Mit dem groben festen Kissen, das ihr bei solchem Tun Unterarme und Handgelenke stützt. Er selber greift nach einer vorbereiteten Leinwand, eilig ausgeführt wird seine Skizze gleich mehrmals auftrumpfen im Unscheinbaren: heimlich, als er das Kissen schildert, herausfordernder bei den Händen.

Deren Umrisse sind auf dem ersten Rotbraun andeutend mit schwarzer Farbe skizziert. Die Grobheit der Pinselzüge betont ein Element des Zufälligen, in Wahrheit ist nichts flüchtig noch ungefähr. Sparsamkeit hat dem Auge eine Fülle genauester Anhaltspunkte zubereitet: Es sieht die Hände, sieht sieben Finger, mit ihren Gelenken und Gliedern – richtig erfaßt in ihrer lebendigen Gestik. Eingefangen ist mit dem Geschick der Näherin, jene Feinheit in der Bewegung, wie sie etwa das Säumen erfordert. Genaues Hinschauen erkennt, daß die vier rechten Finger auch verschieden deutlich gemalt sind, der Maler nimmt zur optischen Gewichtsverteilung Glanzlichter hinzu – wirkliche auf dem kleinen und dem Ringfinger, vorgetäuschte auf Mittel- und Zeigefinger. Den Lichtfleck auf dem Nagel des kleinen Fingers setzt er vermutlich nach der Änderung der Außenfinger. Das brüske Übermalen an den mittleren Gelenken deutet nicht auf Willkür, nicht einmal auf Verbessern: Das Auge des Malers hat *bei der Näharbeit* eine anziehendere Pose der Finger ergriffen – lässig ändert er in einer schnellen »Korrektur« die Haltung.

Seine sparsame Treffsicherheit läßt sich in der summarischen Malweise des Kissens nachvollziehen: freilich bleiben Abbildungen hier das Können vollends schuldig. Je nach Bildqualität muß der Betrachter die Zutat als ›tot‹ oder ›überflüssig‹ einstufen, schlimmstenfalls als Leerstelle zwischen Bildrand und Frauenhänden. Anders vor der Leinwand: Wer mit dem Licht in das Bild hineinsieht, für den steigt unter den Fingern prall das Kissen empor. Noch einmal bietet der Maler dem Sehen, was es notwendig braucht. Um den Gegenstand und seine Geometrie zu bestimmen, samt der Festigkeit von Bezug und Füllung, reichen ein paar Abschattungen auf dem Malgrund. Unten links bleibt das Rotbraun stehen, nebenan ist in Grautönen ein Rhombus angelegt, er will den platten Teil der Oberfläche herausbringen, zugleich die blank abgewetzte Beschaffenheit andeuten. Aussparen in der Mitte erschafft dann »wie von selbst« die abgeschrägten Kissenseiten, und vorn genügt der tiefe Schatten, damit eine spiegelgleiche Unterseite »sichtbar« wird.

So gilt die Frage an die Skizze weniger dem Urheber oder der Übereinstimmung im Modell, nicht einmal der Dargestellten. Sie lautet: Was hat Velázquez darin niedergelegt? Erkennbar schafft er in der *Ölstudie zu »Die Dame mit dem Fächer«* ein Augenblicksbild, der »Effekt der Momentaufnahme« ist noch verfeinert. Das Gelingen würde ausreichen zum Echtheitsbeweis. Doch hat er den Ausdruck im Gesicht möglicherweise *doppelt* erfassen und wiedergeben können: Wer herantritt und länger hineinschaut in die gesenkten Züge, erkennt im Anflug eines Lächelns eine Komplizenschaft. Das Modell spielt mit, belustigt vom Widersinn in Tun und Kleid – die junge Frau weiß, für wen sie näht. Daß sie Gründe und Ziel des Malers kennt, bezweifle ich.

Eine zweite »Momentaufnahme« hat keine Reproduktion je miteingefangen. Doch mir kommt sie bei jeder Begegnung mit der Leinwand entgegen: Nach ein paar Schritten zurück erlischt im Gesicht das unmerkliche Lächeln, aus den Zügen spricht eine gespannte Aufmerksamkeit, *wahrheitsgetreu* das Versenktsein in die Handarbeit. Seltsamerweise wirkt auch die Übermalung rechts auf der Schulter erst aus gleichem Abstand, Sehverständnis braucht ihn, damit sich das Tuch hier »vollendet« – Leinen und Lichter und das Übereinander im weißen Stoff.

Geduldiges Hinschauen schöpft aus Andeutungen ein abgeschlossenes Meisterwerk. Wer die Darstellung ausspäht, glaubt an den Endzustand: Zu verdeutlichen wäre manches, zu verbessern nichts! Der Sevillaner hat die Ölstudie behalten, wer außer ihm konnte einschätzen, wieviel in der Schlichtheit seiner Ausführung malerisch geleistet war – und gelungen. Gewiß: Der wahre Zweck der Skizze oder die Anstöße des Malers lassen sich nicht zurückgewinnen. Immerhin weisen noch kleine Zusätze auf eine Vorskizze. Zum Beispiel weiße Linien für die Halskette, feine Pinselzüge in Weiß für künftige Lichter im rechten Mundwinkel, auf den Brauen und dem linken Schlüsselbein. Im übrigen hält Velázquez die Gestalt fest, die sich vornüberbeugt. Warum? Denkbar ist, daß sich Francisca – die nicht hinsieht zur Staffelei – an das Gemaltwerden gewöhnen sollte.

Für Velázquez ist die Ölstudie offenbar der eigentliche Anfangsschritt. Mit seinem Unterfangen im Kopf, beim Ringen mit den Anforderungen zu *Die Dame mit dem Fächer*, hilft sie ihm *die Züge der Tochter umzuformen. Vorab.* So schildert er sie in ihrem wirklichen Aussehen, beobachtet aber das Objekt seiner Kunst. Was nicht heißt, er habe unterdessen naturgetreu skizziert: Die Haare lassen das Gesicht frei, obwohl sich der Kopf weit nach vorn neigt. Hat der Maler die Frisur in Pausen festgehalten, sobald sich die Nähende aufrichtete und ihn ansah? Um dieses Aug in Auge mit ihr ging es Velázquez womöglich: er versenkt sich in die Züge, um sie endgültig umzuarbeiten. Als er vorgibt, Francisca aufzunehmen, verwandelt sein Bildergedächtnis den Frauenkopf in das Porträt. Der Maler entreißt dem Gesicht einen Teil seiner Jugend: Blüte, Wohlbefinden und Schmelz hat er umgestaltet in Ernst und vorgebliches Altern. Ohne die Schönheit zu verletzen. *Die Dame mit dem Fächer* ist die gewagteste, die gelungenste Verwandlung seiner Bildnismalerei.

Es gibt im Œuvre ein Antlitz, das keiner kennt. Zu sehen ist die rechte Kopfpartie, doch nicht deswegen gelänge es niemandem, die Züge zu enträtseln. Selbst der Autor würde bestritten, solange nur dieser Bildausschnitt vorliegt.

Gezeigt ist offenbar ein Männergesicht – mit hoher Stirn, jung, aber älter aussehend, hager, sichtbar leidend; das Auge wirkt tief verschattet, die Iris übermäßig vergrößert, wie vom Fieber. Der Blick schaut nach innen oder er sieht durch den Betrachter hindurch. Die rechte Wange, hohl in der Kontur, ist unter dem Lid stark eingefallen. Ein Kranker scheint gemalt, ein Asket, eher noch ein Fanatiker. Schwerlich eine Gestalt, die zu irgendeiner Zeit Velázquez Modell gestanden haben könnte.

Der letzte Satz stimmt möglicherweise: Die Teilansicht der einzigartigen Physiognomie hat er vermutlich erfunden. Um zu glauben, daß die obige Schilderung Franciscas Porträt mit Fächer und Rosenkranz *nicht verlassen hat*, muß sich der Leser ihren Kopf gewiß neu ansehen. Er sollte ihn für einen Bildausschnitt so verdecken, daß nur der fragliche Teil sichtbar bleibt. Die gedachte Trennlinie läuft im Bild von der kleinen Spitze im Haaransatz am Rand der Nasenbiegung hinunter; den Mund schneidet sie beim Philtrum, links neben der Mulde. Sind vom Gesicht zwei Drittel verschwunden, läßt sich – in der Teilansicht von Kopf und Haar – das seltsame Porträt nicht (mehr) einordnen bei Velázquez!

Das Gesagte erscheint unglaublich, selbst nach einem neuen Blick auf das volle Porträt. Der Bildschnitt zeigt, daß die Verwandlung in *Die Dame mit dem Fächer* weit über den Unterschied in früheren asymmetrischen Bildnissen hinausgeht. Vor dem Ebenmaß der Züge in der Farbskizze erweisen sich der gewollte Eingriff in das Frauenantlitz und die Absicht: der Maler will mit dem verfremdeten Bildnis in *Die Dame mit dem Fächer* den Rahmen zeitüblicher Porträtmalerei sprengen. Solche Kühnheit kann den Vorsatz in älteren Werken bekräftigen – im *Äsop* oder beim kleinwüchsigen *Kartenspieler* vor der Felshöhle. Dort fehlte der Schlußstein, jetzt liegt er dreifach vor: In der Studie, dem Frauenporträt und der äußersten Zuspitzung des Kunstgriffs.

Das Ausmaß im Wagestück ergibt einen letzten Fingerzeig auf Francisca als Modell. Zugleich erweckt es den Verdacht, daß Velázquez die Aufgaben des »herkömmlichen« Porträtierens nicht genügten. Von Anbeginn? Denn jetzt entdeckt der Blick zurück stark asymmetrische Züge schon um 1623, etwa im *Brustbild eines jungen Mannes*. Die sich selber fremden Gesichtshälften können (auch) vom Aussehen des jüngeren Bruders Juan herrühren, aber der Künstler scheint mitzuarbeiten: Die linke Gesichtshälfte prägt das Bildnis; dagegen wirkt die rechte unerwartet entstellt, deutlich verschieden vom Kopf im *Johannes auf Patmos*, wo das gleiche Modell posierte.

Was wäre in *Die Dame mit dem Fächer* zu bewundern, ohne die Umformung? Zur Antwort reicht die Gegenprobe am gemalten Gesicht, ein Verdecken der anderen Seite, knapp neben dem bleiweißen Glanzlicht der Iris.

Kopf der *Dame mit dem Fächer*

Verschwinden müssen rechts die Kontur, das Auge mit den starken Schatten und die Wange, die Velázquez übermäßig eingezogen hat, gegen Natur und Wahrscheinlichkeit. Schlagartig schrumpft der Altersabstand zur Vorstudie, die Ähnlichkeit der Köpfe überzeugt vollends. Francisca mit dem Fächer wirkt blühend, weich, üppig, die Züge passen zum Dekolleté: Aus der kühlen, reifen Schönheit wird unverhofft eine junge Frau, verführerisch anmutig.

Seine Verfremdung bringt Velázquez weit hinaus über den Punkt, an dem die Zeitgenossen Malerei als »die Wahrheit« feierten. Hat einer von ihnen die Absicht erraten? Palomino oder Anton Raphael Mengs konnten schwerlich nachvollziehen, daß diese Porträtkunst weiterstrebt, daß sie vordringt vom Wahren zum Wesentlichen. Heutigem Sehverständnis kommt einmal mehr der Fortgang der Kunstgeschichte zu Hilfe. Längst gewinnt der Künstler Gehalt und Ausdruck nicht der Vorlage ab; sie beruhen auf einem zunehmenden Anteil an Abweichungen, Willkür und Unregelmäßigkeiten. So läßt sich das Vorgehen des Sevillaners in jüngere Begriffe fassen: Durch Sehvermögen und Verfremden übersteigert er seine Bildnismalerei – aus »Wahrheit« wird »Expressionismus«.

Wie um den Sprung ins 20. Jahrhundert abzurunden, hält die Kunstgeschichte ein unglaubliches Kuriosum bereit: Nicht allein porträtieren Velázquez und Pablo Picasso zuweilen nach einer Richtschnur – in einem Verfahren, das den gemalten Kopf gleichsam halbiert und aus zwei Ansichten neu zusammensetzt. Die Künstler haben, in einem Fall, *in gleicher Weise das gleiche Gesicht* umgeschaffen! Mit anderen Worten: Ohne es zu ahnen, folgt der Jüngere dem Landsmann nach in dessen asymmetrischer Porträtmalerei – wie alle Betrachter hat er den Kunstgriff bei ihm nicht einmal bemerkt. Picasso, nachdem er die Verfremdung längst gezielt einsetzt, wiederholt sie schließlich in einem Kopf, den schon der Sevillaner mit gleicher Technik »erfindet«: Gemeint ist das eigene Bildnis in *La Familia*.

Dreihundert Jahre nach dem Hofmaler beginnt Picasso Mitte August 1957 den Zyklus, den er »*meine Meninas*« nennt. Bis Ende Dezember wächst die Variationsfolge, durch Ausschnitte und Nebenwerke, auf achtundfünfzig Bilder. Zum Auftakt hat der Jüngere auf Breitwand eine großangelegte Paraphrase (194 x 240 cm) über die Gesamtansicht der Palastszene komponiert: In einer Gestalt, die raumhoch und bis zur Oberkante der *gezeigten und der benutzten* Großleinwand angewachsen ist, droht Velázquez auf die übrigen Bildfiguren und das Publikum hinunter. Vermutlich sah Picasso, daß sich der Hofkünstler ebenfalls zu groß abgebildet hatte, gegen die Regeln der Perspektive.

▲ Der Kartenspieler
◀ Brustbild eines jungen Mannes (Juan Velázquez)

Äsop

Er geht aber weiter: Bei dem eckigen Malerriesen ist das Gesicht nicht als Einheit gegeben, sondern im gezackten Längsschnitt geteilt und neu aufgebaut aus den unverschmolzenen Partien einer Profilansicht und einer halbierten Frontalwiedergabe. Wie gesagt, im asymmetrischen Grundverfahren des Vorgängers, obgleich vergröbert und ohne die Velázquezsche Finesse.

Picasso nutzt den Kunstgriff in der Mehrzahl seiner vierzehn Variationen auf das Antlitz der Infantin Margarita María. Asymmetrie oder Doppelansicht hat er seit den dreißiger Jahren eingesetzt, wobei auch er die Modelle anfangs in seiner Nähe aussucht. Und wie bei Velázquez ist das Ziel ein Malwerk, in das der Autor mehr überträgt als dem Modell abzuschauen ist. Die Züge, bewußt umgestaltet, bestimmt der Maler, nicht die Natur oder gelebtes Leben – das Bildnis strebt über das Abbild hinaus. So erfindet Picasso zeitweilig auf den Spuren des andalusischen Landsmanns, und unversehens wird Francisca als Modell zur Urahne von Dora Maar oder Marie Thérèse Walter.

In deren Bildern ist der Bruch betont, da ihn Picasso zum Stilelement macht. Velázquez hat seinen Betrachtern den Wandel bewußt verheimlicht. Bis heute. Kunstvoll vertuscht im Frauenantlitz rote Schminke den künstlichen Gegensatz. Was wahr wirken soll, darf nicht wahr sein – das Frauenbildnis verbindet die Maxime mit Verschwiegenheit. Mit jener Unauffälligkeit in den Mitteln, die dem Älteren in so großem Maße eigen ist.

Seinen Eingriff im Gesicht der *Dame mit dem Fächer* stützt er auf ein eigenes Vorbild, welches verschweigt er. Die Suche muß zurückgehen auf allgemeinere Anklänge, denn keines seiner Porträts liegt in ähnlicher Verdoppelung vor. An Franciscas Zügen läßt sich indes ein Vorgehen ablesen, offenbar ist es beim Christuskopf mit der Haarflechte benutzt und kehrt im Papstbildnis wieder oder im Selbstporträt in *La Familia*: immer hat der Maler die *rechte* Gesichtshälfte »bearbeitet«. Das Verfahren wäre zuvor im *Brustbild eines jungen Mannes* (*Prado*) angewandt oder im *Kartenspieler* gar auf den Kopf *und* die ganze rechte Seite. Die Annahme kann schließlich den *Äsop* einbeziehen: Die Züge des Fabeldichters wirken *rechts* mit eben der Willkür und Kühnheit verfremdet, die das Antlitz in *Die Dame mit dem Fächer* bezeugt.

Francisca wächst durch die malerische Willkür über die eigene Person hinaus. Der Eingriff in ihre rechte Gesichtshälfte macht aus der Dreiviertelfigur *die* Spanierin. War das die Absicht? Erkennbar ist: Die Zielsetzung verlangte ein »Kunst«werk, da sie es auf Kosten der Wirklichkeitstreue erreicht. Der Vater möchte offenbar den Typus gestalten, er will zugleich zu höheren Stufen der »Wahrheit« gelangen. Deshalb hat er sein *spanisches* Damenbildnis zusätzlich verfremdet durch den *portugiesischen* Einschlag des Modells. Diesem Frauentyp und Franciscas Zügen kann er *sein* Bildnis abgewinnen, die

Läuterung in seinem Geist ausprägen, im Gedächtnis anlegen und aufbewahren. Erdachte Züge verschmelzen mit den wirklichen: der einzigartige Vorgang erzeugt die herb-spanische Note.

Die letzten Seiten sollten das »Wie« um *Die Dame mit dem Fächer* aufgehellt haben, das Dunkel des »Warum« widersteht möglicherweise. Doch erbringt schon der eine Schlüssel zum Bild vergnügliche Funde in der Velázquez-Literatur. Anstelle von Einsicht liefern die Texte Psychologie, erörtern Rangfragen oder Auftreten und sittlichen Anstand. »Der Blick der braunen Augen ist stolz, fast hart, ein strategischer Blick, der unter der Maske der Kälte Ungeduld und Leidenschaft verbirgt; er bedeutet eine Frage, wenn nicht ein Ultimatum. Ist der Augenblick versäumt, sie wird es dir nie verzeihen. [...] Ein Labyrinth von Kälte und Feuer, Bigotterie und Weltsinn, Stolz und Buhlerei!« (Justi). In eine Deutung der Garderobe weicht Elizabeth du Gué Trapier aus: »From her costume [...] one learns that she is a lady of the middle class.« Jahrzehnte später hat Enriqueta Harris den Satz »berichtigt«: »From her costume, the kid gloves, fan, garnet necklace and long gold rosary with silver pendant, she was obviously a lady of quality«. Bei Jonathan Brown ist aus dem Mangel an Einsicht Moral geworden: »Trotz der physischen Anziehungskraft des Modells, scheint das Bildnis keusch, was die Absicht angeht. Die stattliche Frau trägt einen goldenen Rosenkranz mit Kreuz, unter ihrem Handgelenk verschlungen, während eine blaue Schleife an ihrer Seite die etwas verblaßten Überreste einer religiösen Medaille hält. So sind Schönheit und Frömmigkeit in diesem meisterhaften Porträt diskret vereint.« »Überreste« einer religiösen Medaille unter der blauen Schleife hat nur Brown ausgemacht, dafür übergeht er – wie alle Autoren – das Rot neben der Schleife. Einzig Gué Trapier weist im Verlauf des Zitats auf das Gekleckse hin: »... a bright red splash of colour wholly inexplicable.«[18]

In Wahrheit sind am unteren Bildrand *zwei* rote Flecken hingesetzt, der kleinere trennt die Schleife von dem andersfarbigen zweiten Anhängsel. Beide sollen die verspielte, blaue Schleife beschweren: die »völlig unerklärlichen« Tupfer mit einem Stück Koralle als Glücksbringer; der graue »Überrest« mit einer zierlichen Schere in ihrer Halterung. Von dem kleinen Werkzeug sind die ringförmigen Griffe zu sehen, die Klingen schneidet der Bildrand ab. Francisca trägt Schere und Koralle als zeitübliches, modisches Zubehör. Velázquez könnte mit der Schere verstohlen hindeuten zu seiner verkannten Studie.

---

[18] Justi, Carl: *Velázquez und sein Jahrhundert*, Bonn 1903, Bd. II, S. 109
Trapier: *Velázquez*, New York 1948, S. 286; Harris: *Velázquez*, London 1982, S. 115
Brown, a. a. O., S. 156

Die Dame mit dem Fächer (Ausschnitt)

Philipp IV. im Hausrock (Museo Nacional del Prado)

IV Die offene Frage

Warum hat Velázquez beim letzten Porträtkopf seines Königs an drei Fassungen mitgearbeitet, ohne ein Original zu schaffen?
Antworten könnte nur der Maler. Da Jahrhunderte seine Kunstauffassung trennen von heutigen Gedankenwelten, sind die sichtbaren Einfälle der einzige Leitfaden. Zu sehen ist: Sein Vorgehen teilt sich in Zusatzbotschaften *und* ihr listiges Verheimlichen. Anders ausgedrückt: Wenn Velázquez in einem Werk ein »Trojanisches Pferd« hinterläßt, stellt er es dem Publikum nicht »vors Tor«. Wer es einbringen will in seine Interpretation, muß zunächst die Hinweise finden. Doppelt pfiffig hat sie der Spanier im Augenfälligen verborgen. Sein Verfahren läßt sich aufgreifen in einem literarischen Fund bei Edgar Allan Poe. In der Novelle *The Purloined Letter* gelangt der Amerikaner drei Jahrhunderte nach Velázquez zum gleichen Kniff: Poes Erzähler überlistet einen zu selbstsicheren Briefbesitzer. Gewitzt hatte dieser ein verfängliches Schreiben, das den Absender bloßstellt, »unauffindbar« verschwinden lassen – offen auf dem Schreibtisch, eingereiht zwischen anderen Papieren.

Daß Velázquez im letzten Porträt seines Königs eine ähnliche List ausspielt, scheint die einfache Darstellung rundweg zu bestreiten. Ein Blick auf das Schaffen und die Durchsicht des Spätwerks entdecken jedoch einen Zusammenhang, der Zwangsläufigkeit nahelegt. Wie *La Familia* birgt die kleine Leinwand mit Philipps Brustbild eine Botschaft: Ich halte beide Schöpfungen für Schlüsselwerke. Der Autor will gezielt Fingerzeige geben, ausreichend auffällig angebracht, der Nachwelt als Ausgangspunkte bestimmt. Wer sie zu lesen versteht, kann das Œuvre gleichsam von rückwärts aufrollen und neu erschließen – bis zum Jugendschaffen. Nach dem Muster seiner Palastszene, die er ganz aus dem eigenen *Künstlertum* entwirft, aus Grunderkenntnissen und Selbstzitaten, hat er die gleichzeitige Wiedergabe des Herrschers offen angereichert mit Spuren seiner *Arbeitsweise*: Der Maler will, er »*muß*«, eine Fährte hinterlassen, als er nach zehn Jahren Zerwürfnis den Befehl erhält, Philipp IV. aufzunehmen.

Was war vorgefallen? Aus der Zusammenarbeit zwischen Monarch und Höfling haben Autoren seit je unhaltbare Schlüsse gezogen. »There is evidence that the royal family regarded him as a friend.« Ich bewundere Kenneth Clark für seine Einsichten und die Kunst, sie darzustellen, diese »Evidenz« habe ich nicht gefunden. Oder: »Sie [die Neider] konnten sich keine heftigen Angriffe erlauben, denn der König schützte den Maler, für den er nicht nur Bewunderung, vielmehr tiefe Freundschaft empfand.«[19] Der Behauptung Ortega y Gassets widerspricht ein wichtiger Zeitumstand: die Überhöhung der Majestät durch Herkommen, Hofstaat und Volk. Der spanische König ist »Gott« – hat Gott Freunde?

Es fehlen Hinweise, daß der Maler diese Gottähnlichkeit je verneint hätte oder bezweifelt. Im Gegenteil: Der Untertan in ihm verehrt seinen König mit Überzeugung; als Künstler wirkt er mit an Glanz und Aura. Unbezweifelbar scheinen andererseits die Nachlässigkeit, der Mangel an Einsatz. Wer den Hauptfiguren in ihrem abgezirkelten Umgang gefolgt ist, weiß: Der Sevillaner gibt sich lax im Dienst des Herrschers. Seine Pflichten erfüllt er unpünktlich, ohne den schuldigen Eifer. Einem solchen Leser, der sich hinlänglich eingetaucht glaubt in Velázquez' Dienstauffassung, könnte einfallen, Philipp IV. über seinen Maler zu befragen.

Ist der König mit seinem Hofmaler, die Majestät mit dem genialen Untergebenen, zufrieden? Wenn der erste Impuls ein rundes »Ja« eingibt, empfiehlt näheres Hinsehen, mit der Antwort zu zaudern. Als Gesprächspartner erwiesenermaßen, Augenzeugen haben von stundenlangen Zwiegesprächen berichtet. Mit dem Maler schwerlich. Philipps klare Ablehnung, ihm zu sitzen, belegt 1653 ein eigenhändiger Brief (s. u.). Gestützt wird das Gesagte durch das *eine* Brustbild im Hausrock, das dem Fraga-Porträt folgt: Ein einziges Königsbild, sichtlich abgekürzt gemalt, aus den letzten sechzehn Jahren des Sevillaners!

Ich stelle mir vor: Der Hofbeamte Velázquez hat seinem Dienstherrn einigen Verdruß verursacht und manches Kopfschütteln. So mußte dem Brustbild und der Palastszene *La Familia* ein Umschwung vorausgehen. Um die Mitte der fünfziger Jahre. Damals wird mehrfach ein Wechsel bezeugt in Auftreten und Betragen des Königs. Genauer gesagt, seit Philipp im März 1654 der Vergänglichkeit und dem Tode begegnet ist, in der Herrschergruft im Escorial. Seit er einen Blick in die offenen Särge seiner Vorfahren geworfen hat, wirkt der Monarch niedergeschlagen, in sich gekehrt, gequält von Reue. Über zwei Jahre danach berichtet ein Briefschreiber erneut, daß ›Seine Majestät von einem

---

[19] Clark, Kenneth: *Velázquez, Las Meniñas*, in: Looking at Pictures, London 1960, S. 32/33; Ortega, *Velázquez*, 2. Aufl., Madrid 1963, S. 11

Besuch im Escorial sehr ernst und melancholisch zurückgekommen wäre. Der Monarch hätte sich zwei Stunden in der Königsgruft aufgehalten, bei verschlossener Tür, kniend, ohne nach einem Kissen zu verlangen. In jene Nische gelehnt, in der er begraben werden soll; und er kam heraus mit rotgeweinten, geschwollenen Augen‹. In der düsteren Gemütsverfassung schwindet alter Ärger, und dieser Wandel führt zu den letzten Bildern. Nicht etwa Anstelligkeit oder ein Umschwung beim Diensteifer des malenden Schloßmarschalls.

Solange Philipp IV. sich aufgerichtet hatte an seiner zweiten Heirat, an der jungen Königin und beider Töchterchen, klang eher Tadel an, wenn ein Satz den Sevillaner erwähnte. Ende Mai 1653 schreibt der König persönlich »ich habe auch keinerlei Hang, mir Velázquez' Phlegma gefallen zu lassen«. Fünf Wochen später heißt es im Briefwechsel mit der gleichen adeligen Nonne: »... junge Leute haben sich hinreichend unterhalten, und Gottseidank geht es uns allen gut, und ich bin dermaßen zufrieden mit meiner kleinen Gemahlin, daß ich nun wieder auf den Witzen über die Schneider beharre. Die Kleine [Margarita María] ist großartig und schon wieder erholt, aber ganz gewiß ist sie [an einem schweren Katarrh] hinreichend krank gewesen. Bei den Bildnissen werde ich dafür sorgen, daß sie fertig werden, wenngleich ich nicht wage, einen festen Zeitpunkt zu setzen, da Velázquez mich tausend Mal getäuscht hat. Mit großem Dank erkenne ich die Gebete des Ordens an und gebe Euch auf fortzufahren, damit in dem, was die Thronfolge angeht (und in allem), Unser Herr beschließe, was zu seinem besten Dienst wäre. Er beschütze Euch, aus Madrid am 3. Juni 1653 ich der König.«[20]

Handschriftlicher Brief Philipps IV. vom 3.6.1653 (Ausschnitt und Schluß; Übertragung nebenstehend)

[20] Moreno Garrido, Antonio und Gamonal Torres, Miguel Angel: *Velázquez y la familia real a través de un epistolario de Felipe IV.*, Madrid 1988, S. 20 (im Kloster heißt die Adelige *Sor Luisa Magdalena de Jesús*). Mit der allmächtigen Schlußformel ›Yo el Rey‹ hat der spanische König stets namenlos unterschrieben.

67

Beim Urteil über seinen Maler schreibt Philipp IV. *engañado*, was in der ersten Wortbedeutung *hintergangen* heißt. Tausend Mal! – und es gibt keine Anzeichen, daß er sich künftig ändert. Das Klima hat sich dennoch verbessert nach dem Tief, der Groll langer Jahre geht unter in des Königs Kummer. Der Maler gewinnt an Boden in dem Maße, in dem den ratlosen Herrscher sein Dasein und der Zustand des Reiches bedrücken.

Wißbegier fragt an dieser Stelle, ob sich Philipp IV., als er um 1655 zum Porträtieren zurückkehrt, von zwei Hofkünstlern aufnehmen läßt. Es sind wieder die Fragen der ersten Kinderbilder seiner Tochter: Steht der König vor zwei Staffeleien? Wird eine Urfassung kopiert, *bevor* sie Velázquez beendet? Der Helfer könnte der Schwiegersohn Martínez del Mazo sein. Doch wegen Philipps Stimmung vermute ich für das Königsbildnis *eine* Malsitzung allein mit Velázquez; ich vermute auch, daß er einzig das Gesicht beenden konnte. Für den Ausdruck in den Augen hat er im linken das untere Lid nachträglich herabgezogen. Daß er diese Iris verdeutlicht und größer *scheinen* läßt, tritt im Laborbild, in der Infrarotreflektographie oder auf Schwarzweißfotografien besser zutage als auf der Leinwand. Vor dem Gemälde kann dagegen der Größenunterschied zum Glanzlicht der rechten Iris auffallen.

Als der König abbricht, war der Kopf im Umriß erfaßt, Haar und Bart hatte der Meister untermalt, den schwarzen Hausrock skizziert – vielleicht in den kargen Pinselzügen, die das »fertige« Bildnis ausmachen. *Ich stelle mir vor:* Der Herrscher wirft nach der Sitzung einen einzigen Blick auf die Leinwand. Das Bildfragment müßte ihn bestürzt haben, sicher hat es ihm mißfallen. Im Sommer 1653, als er der Nonne das Fehlen von Bildnissen begründete, war zum Tadel des Malers, eine Abneigung gegen das Gemaltwerden hinzugefügt, »... um mich nicht alt werden zu sehen.« Natürlich schweigt er jetzt vor der müden Düsterkeit der eigenen Züge. Aber Philipp dreht sich um und verläßt den Raum – nichts kann ihn in den kommenden Wochen zu einer neuen Sitzung bewegen.

Die Zwangspause hat vermutlich Mazo genutzt, um das Fragment zu kopieren, wobei er im Anzug über die Vorlage hinausgeht. Ohne Modell führt er ein Wams aus nach den breiten, schwarzen Umrissen der Aufnahme, er tut Goldbesatz hinzu auf den Ärmeln und Knöpfe. Deren Reihe ist recht ungeschickt angebracht, zusammen mit dem Goldenen Vlies und der (zu kurzen) Goldkette. Für Büste und Goldschmuck pflegt Kritik seit je eine fremde Hand anzunehmen. Beides *wirkt* schwach im Londoner Bild, da es sichtlich erfunden ist. Im übrigen wiederholt der Kopist das Gesicht, wie er kann, mit dem Erfolg, daß der König stark gealtert scheint. Als Mazo die Vorlage eingeholt hat, warten im Atelier zwei Bildnisse – an beiden Köpfen sind Frisur und Bart abzuschließen.

Das Eingreifen Mazos oder einer fremden Hand im *Philipp IV.* des *Prado* zeigen Röntgenbilder in Frisur und Barthaar. Der Bart war anfangs summarisch gegeben: Die gezwirbelte Spitze, rechts zunächst doppelt so breit, ist übermalt an der Nasenseite. Das Haar wirkt noch unbehandelt, es scheint bereits eine Welle angedeutet neben dem Ohr. Das übrige sieht unfertig aus, von der Malweise her gleicht es einem »Bürstenschnitt« – innen formlos, an den Rändern wie ausgefranst. Ein »toter« Übergangsstreifen verläuft zwischen Frisur und Zügen; breit in der Stirn, folgt er schmal dem Haar hinunter zur rechten Wange.[21]

Die Röntgenaufnahme der *Prado*-Fassung, wo sich ein Auge aufwölbt wie ausdrücklich betont, hat mich beim *König Philipp IV.* in Wien auf die Spur des dritten Werkstatt-Originals gebracht. Die Laborbilder ähneln sich wegen gleicher Malarbeit in Stirn, Augen, Nase und Mund.

Das Herrscherporträt, im *Kunsthistorischen Museum* eingestuft als »Atelierkopie«, ist seit einem halben Jahrhundert aus den Monographien verbannt. In Wahrheit hat Velázquez hier *seine* Aufnahme abgemalt: die Meisterhand verraten die Augen und die Fleischtöne. Haar, Bart, *golilla* und Kleidung überläßt er einem Helfer. Einem anderen. Eile mag mitgespielt haben, die Fassung ist über ein (angefangenes) Brustbild der Infantin María Teresa gemalt. Vom »Vor«bild lassen sich die Schmuckgehänge im Kopfputz erkennen, drei Reihen Perlen, in der Mitte der große Brustschmuck. Das Gesicht Philipps zeichnet sich trotzdem klar ab – in Stirn, Augenpartie, Nase und rechter Bartspitze, ohne den »toten« Übergangsstreifen der *Prado*-Fassung. Im Wiener Bildnis müßte das linke Glanzlicht einst identisch gewesen sein in Plazierung, *Form und Größe*. Heute ist der weiße Fleck stark verkleinert und sternförmig, statt rund und dicht.

In den sichtbaren Zügen offenbart Abdecken die Übereinstimmung in Nase und Augenpartie. Hinzu kommt einmal mehr der Eindruck, beim *König Philipp IV.* sei die *Prado*-Version zugleich »fotokopiert« *und* verbessert in kaum merklichen Eingriffen. Etwa im Spiel von Licht und Schatten auf den Lidern, Brauen und Tränensäcken. Beim Studium solcher Einzelheiten lenken natürlich die Zutaten der anderen Hand ab. Hilfreich für den Vergleich ist die letzte Reinigung des »Originals« im *Prado*, dessen Züge scheinen seither in das gleiche fahle Licht getaucht.

Nach dem Wiener Katalog war dieses dritte Brustbild für Erzherzog Leo-

---

[21] Das Vorgehen hat im *Bildnis mit der Schmetterlingsfrisur* der Infantin María Teresa (in The *Metropolitan Museum*, New York) zu einem ähnlichen Zwischenstreifen in der *sichtbaren* Fassung geführt.

König Philipp IV. (Kunsthistorisches Museum)

pold Wilhelm in Brüssel bestimmt. Es soll 1653 abgesandt sein aus Madrid. Wegen Philipps Weigerung, seinem Maler zu sitzen, wäre ein Entstehen zwei Jahre später wahrscheinlicher, zumal das Werk den zwei Erstfassungen *folgt*. Auch zeitlich. Velázquez wiederholt sichtlich *seine* Aufnahme – was er verbessert hat gegenüber der Fassung im Röntgenbild des *Prado*-Kopfes, ist sämtlich berücksichtigt.

Ein Gehilfe löst ihn ab in Frisur und Kleidung: ansatzweise, aber textgetreu, folgt er im Haar dem Gestrichel, wobei er das Rot sparsamer und geschickter verwendet. Der Unbekannte hat die *golilla* in Form und Stoff besser getroffen als Mazo, ebenso die goldene Kette oder Knöpfe und Goldbesatz auf dem Oberarm. Das Wiener Bildnis unterliegt dennoch gegen die anderen Arbeiten. Im Londoner Exemplar wird es vom »Verismus« in den Zügen ausgestochen oder von der Meisterhand, die Bart und Haar malt. Das Prado-Brustbild siegt mit der Malerei des Unauffälligen: ihr gelingen der Dunstkreis um die Gestalt und beim Oberkörper Schlichtheit, Linienführung und Schimmer im schwarzen Tuch.

Generationen von Laien und Kennern haben in Madrid vor der kleinen Leinwand gestanden, betroffen von einem Porträt, das dem Modell alles absieht und das Geschaute wie teilnahmslos abmalt – ohne jede Beigabe. Der Kragen leuchtet auf der Schattenseite Kinn und Wange aus; zum Bildrand hin ist nebenan das sparsamste »Interieur« des Schaffens angedeutet. Das Wenige genügt, weil die Büste bereits Luft und Licht eines dämmerigen Zimmers mit einschließt. Wer das Gesicht entdeckt, sucht darin keinen Herrscher noch den gottähnlichen König »beider Spanien«. Und doch ergreift den Beschauer, den in Philipps Augen und ihren schwer fallenden Lidern die verlorenen Illusionen beschäftigen, auch die Ausstrahlung. Hinter Alter, Ernst und Trauer entsteigt Zügen und Haltung ein Anflug übernatürlicher Würde. Verweilen vor der Leinwand kommt zu dem Schluß: Von allen Porträts im *Prado* wäre dieses am leichtesten zu glaubhaftem Leben zu erwecken.

Nach einem Blick auf das Namensschild legt sich leicht das Klischee von »der Bürde der Macht« auf die Zunge. Velázquez will mit dem letzten Herrscherbildnis kein Malwerk vorlegen, er zeigt die Ansicht eines Menschen, der König von Spanien ist. Kurz: Im *Brustbild Philipps IV.* verschmelzen Porträt, Fotografie und Ikone. In einem Abbild unübertrefflicher »Wahrheit« und »Velázquezscher Zurückhaltung« fordert das Werk noch einmal die größten Porträtisten heraus.

Dem letzten Absatz folgt unmittelbar der Widerruf. Er war seit einigen Jahren überfällig, doch möglich erst nach einer neuen Madridreise. Beim langen

Aufenthalt während der Ausstellung zum vierhundertsten Geburtstag, hatte mich die gereinigte Leinwand entsetzt, das Schrecknis, einen Kopf, der mir vierzig Jahre lang für *das* Velázquez-Bildnis schlechthin im Museum galt, derart schonungslos zugerichtet wiederzufinden. Anschauen hatte nur zu bald die Unterschiede erfaßt, die Folgen ergaben sich zögernd: Unter den drei Fassungen des Brustbildes befand sich kein Original mehr! Die Zeit mag alle Wunden heilen, dem *Prado*-Bildnis wird sie nicht seine Aura noch seinen Autor wiedergeben – mit dem einstigen Bannkreis hat Restaurieren dem Königskopf die unangefochtene Urheberschaft genommen.

Anders gesagt: Die Reinigung brachte zutage, was Jahrhunderte glücklich verdeckt hatten – im »Velázquez« kommt endgültig der »Mazo« ans Licht. Der neue Zustand hat die Schwächen einer ausgedehnten Zusammenarbeit preisgegeben, offengelegt wie mit einem bösen Zauberschlag. Anzeichen für Stückwerk wechseln ab mit zögernder Ausführung, mit Übertreibung im Kolorit und Leblosigkeit in der Wiedergabe von Haar oder Bart. Beim Kragen zeigt sich die fremde Hand in den *pentimenti* am Umriß, über den Schultern oder beim Stoß unter dem Kinn. Sichtbar ist, daß die *golilla* vorn keine Kante vorweist und auf der glatten Oberfläche statt Lichtspielen etwas ist, das an »Wellblech« erinnert. Philipps Unterlippe scheint zu breit, selbst für einen Habsburger, und gewiß zeigte sie nicht, deutlich voneinander abgesetzt, zwei Rottöne. Überhaupt stört das Rot: wie mit dem Lippenstift aufgeschminkt auf die Oberlippe, ist es links vom Philtrum »über« den Schnurrbart gemalt. Befremdlich taucht der gleiche Farbton im Kinnbart auf, in den Bartzwirbeln oder zwischen den Locken beim rechten Ohr. Doch Augenpartie und Büste, von Velázquez aufgenommen, reichen aus, Mazos ungenügendes Geschick verschwindet, was bleibt ist der eindrucksvolle Kopf Philipps IV.

Die Eindringlichkeit eines Porträts, an dem der Sevillaner bewußt verhalten mitgearbeitet hat, wirft neues Licht auf das Gegenstück in *The National Gallery*. Durch Mazo ist es mit einem unvorteilhaftem Grundzug belastet: Wer dem Jüngeren sitzt, altert. Als Beleg gibt es im letzten Jahrfünft das Bilderpaar der Infantin Margarita María, mit dem Wiener Porträt »in Blau« und der Gemeinschaftsarbeit in Rot und Silber. In der letzten Ganzfigur im *Prado* hat 1664 vermutlich Mazo selber *seine* Züge der Prinzessin übermalt – die Partie vom Philtrum zum Kinn wird voller im Umriß, einheitlich und rund. Vergleiche lassen sich anstellen zwischen Haaransatz und dem Rand der Oberlippe. Da die Mädchenbilder Monate trennen, die Königsköpfe womöglich nur Tage oder ein paar Wochen, erweisen sich »Altersunterschiede« jedesmal als Mazos Handschrift.

Philipp IV. (The National Gallery)

Den Kopf in der *National Gallery* modelliert er weniger fest in Augenpartie, Wangen und Mund; über dem Kragen ist ein Doppelkinn gezeigt. Der wahre Grund für das sichtbare Altern liegt jedoch in der Malerei der Augen. Die Kopie verzichtet auf Klarheit bei der Iris, im rechten Auge auf Glanzlichter. Links wirkt die Regenbogenhaut seltsam geteilt – vielleicht durch eine Übermalung von anderer Hand. Gewölbt und glänzend ist oben ein breiteres Stück hineingesetzt, das Übrige bleibt flach, konturlos und undeutlich. In der winzigen Änderung vermute ich den Eingriff der Meisterhand. Er hat genügt, um den »toten« Augen das bißchen Leben einzuhauchen, das die Züge beseelt. Ursprünglich war Mazo, wie so oft, in vage Umschreibung geflüchtet. Zu welcher Unscheinbarkeit wäre der *Philipp IV. mit dem Goldenen Vlies* herabgesunken mit einer Frisur wie in der *Prado*-Fassung!

Der Leser kann für sich die Probe machen: Mazos Porträt erstirbt, sobald der obere Teil der linken Iris abgedeckt ist; es erwacht zum Leben, wenn die Augen überhaupt verschwinden. Die Lichter beginnen zu funkeln – vor allem die unscheinbaren in Bartzwirbeln und Kinnbärtchen. Umrahmt, umleuchtet vom schimmernden Haar des Londoner Kopfes ergäbe das *Prado*- Porträt ein unvergleichliches Bildnis. Das Original! Der Maler hat es der Nachwelt vorenthalten. *Will* der Ältere, als er den Schwiegersohn eingreifen läßt, seine eigene Version herunterspielen?

Ein letzter Fingerzeig auf das Miteinander in den Brustbildern wäre die ständige Arbeitsteilung seit der Italienreise. Umgekehrt könnte das verzwickte Hin und Her der Königsköpfe die Arbeitsweise am Tiber erhellen, mit Parejas mutmaßlichem Anteil an römischen Porträts. Nicht zuletzt helfen Philipps Brustbilder, im Spätschaffen die Werkstatt-Originale auszumachen und die Nebenrolle des Meisters *anzuerkennen*. Mit ihren Folgen: Die Ganzfigur des Infanten Philipp Prosper (*Kunsthistorisches Museum*) ist das einzige ganz eigenhändige Porträt seit dem Papstbildnis! Im *Philipp IV. im Hausrock* hat eine Helferhand den Kopf mit Haar und Bart beendet. In Porträts der Königin oder ihrer Stieftochter mußten Gehilfen längst die ausufernde Haarkunst der Perücken bewältigen.

Warum hat Velázquez, der sichtlich aus dem Gedächtnis malen muß, nicht die eigene Aufnahme abgeschlossen? Die Antwort fehlt. Der Grund für die Zusammenarbeit und ihren Hergang bei den Königsbildern läßt sich nur erraten, nicht erschließen. *Ich stelle mir vor:* Die Aufnahme ist (noch) unfertig, aber der Hof verlangt bereits Repliken, wegen Philipps zehnjähriger Weigerung, sich malen zu lassen. Daß sie der Meister nicht selber ausführen *will*, ist der Anstoß zu einem Bildertausch beim Malen. Zu einem Schachzug, wie ihn nur der Sevillaner erdacht und durchgesetzt haben kann. Wer den Wechsel in der Autorschaft hinnimmt, sieht ohne Mühe, daß bei der Haartracht im Londoner Kopf weniger Aufwand mehr erreicht hat. Am überzeugendsten in dem »Nichts«, mit dem links das Haar von der Stirn zur Schulter herunterfällt. Rechts und in der Stirnrolle bestechen die Beschaffenheit oder die Glanzlichter. Im Vergleich wirkt die Frisur im *Prado*-Brustbild strähnig, sichtlich matt; zum Goldenen Vlies trägt Philipp sein Haar »frisch gewaschen«. Offenbar hat Velázquez die Frisur in Mazos Kopie hinzugemalt, der Jüngere mußte sie von dort in die Originalaufnahme übertragen. Seine Leistung ist der Grund für rote Strähnen in Haar und Bart; für eine linke Bartspitze, zu fest gemalt und wie aus Holz geschnitzt; für mehr Einzelheiten und weniger Seidenglanz.

Kenner werden schwerlich zustimmen – die Fachliteratur hat das Madrider »Original« kaum je angefochten. Im Gegensatz zur Leinwand in der *The National Gallery*, wo wechselnd reine Eigenhändigkeit feststeht, eine Werkstattkopie oder Mitarbeit. Die Fassung in Wien, gleichwertig, ist längst ausgegliedert. Carl Justi hatte sie in einem Atemzug erwähnt und *vor* das Londoner Bild gesetzt. Offenbar weil er durchgehend Eigenhändigkeit anahm, obschon er sie nicht ausdrücklich behauptet hat.[22] In keinem Text ist bislang das Miteinander in den *drei* Brustbildern aufgeschlüsselt. Es wäre auch schlechthin »unbeweisbar« ohne das Gestrichel im Haaransatz des *Prado*-Kopfes.

Mich haben die schwarzen Borsten in Philipps Stirnrolle lange beschäftigt. Im Gegensatz zum »Malertausch« beim Haar, eines Tages auf einen Blick erkannt, in den Ausschnittvergrößerungen des *Prado*-Katalogs zur großen Velázquez-Retrospektive 1990 (S. 444, 449). Im Überschwang der Entdeckung versanken die schwarzen Striche; als sie mir wieder auffielen, fehlte weiter die Erklärung. Sie ist eines Tages mitherausgekommen, in anderem Zusammenhang: Das Gestrichel müßte Teil der doppelten Winke sein, einer Spur, die zurückführt bis 1620, zum abgewandten Kruzifix in der *Madre Jerónima*-Replik.

Ich stelle mir vor: Die beiden Maler vor den fertigen Brustbildern des Königs – jeder tritt zurück vom Bildnis des anderen. In diesem Augenblick mischt Velázquez ein wenig dunkle Farbe auf Mazos Palette und wendet sich wieder *seinem* Porträt zu, dem König im Hausrock. Vor dem Jüngeren, der ihn ungläubig anstarrt, setzt er, wie in einem Zug, zwei Dutzend kleine, senkrechte Striche in den Haaransatz auf Philipps Stirn – in die Haarrolle, die Mazo eben beendet hat.

---

[22] Carl Justi hat die *drei* Porträts als Altersbildnisse des Königs an das Ende des Schaffens gestellt, aber in ihrem malerischen Rang richtig erkannt und geordnet. Justi, a. a. O., Bd. II, 345 ff.

Philipp IV. im Hausrock (Ausschnitt)

Der Eingriff ist erledigt, bevor sich der Zuschauer fassen kann. Schließlich ruft er aus: »Aber Meister, was macht Ihr da!« Die Erwiderung fehlt. Sie wäre ein Schlüssel zum Menschen und Künstler, doch versagt jedes Vorstellungsvermögen. Eintauchen in das Werk verstärkt gewiß das Bild vom Autor, zugleich wird seine Gedankenwelt unschärfer – *denkbare* Antriebe heben sich auf in der Vielfalt *möglicher* Beweggründe.

So erlaubt die Malarbeit mit verteilten Rollen vielerlei Deutung. Im Königsbild des *Prado* muß die Geste zwangsläufig nach Aufbegehren aussehen oder wie der Gegenzug eines Gekränkten. Es lassen sich Hochmut hineinlesen oder Selbstsicherheit, die sich verstiegen hätte. Mit Blick auf Philipps Gottähnlichkeit gar Glaubenszweifel, Ketzerei oder Lästerung.

Denkbar ist etwas anderes: Die Stolperstelle prüft das Sehvermögen des Auges. Der Maler rechnet mit der Trägheit des Gehirns beim Übermitteln optischer Eindrücke. Falls ihm seine Bilder ein letztes Mal Beweisstücke sind für die Grenzen im menschlichen Sehen, hat er vorausgesetzt, daß niemand die Kniffe wahrnimmt. Ob in der Malerei oder der Willkür angewandter Mittel.

Das Gestrichel, das in *seinem* letzten Königsporträt die Unregelmäßigkeit stärker kennzeichnet als je zuvor, für mich rückt es den »unerklärlichen« Zusatz sozusagen *vor* ähnliche frühere Einfälle. In den Fremdkörpern, offen versteckt in Philipps Stirnrolle, finde ich eine gewollte Rückblende auf vorangegangene, heimlichere Kunstgriffe. Vielleicht auf das Verschlüsseln des Frauengesichts in *Venus und Cupido*. Eher noch stellt sich die Aufnahme an die Seite des *Francesco d'Este*, wo der Kammermaler seine Ansicht über das Modell eingebracht hätte. Ein »Trojanisches Pferd« als Wink scheint auch dem *Philipp IV. im Hausrock* beigegeben.

Ungelöst am Tripelporträt bleibt die Eingangsfrage.

Die Familie Philipps IV. (La Familia)

V Die Kunst des Fügens

Daß Velázquez, um die Mitte der fünfziger Jahre das Königspaar und seine Tochter Margarita María[23] zusammenbringen möchte auf einer Leinwand, halte ich für den Anstoß zu seinem Hauptstück. Es ist die überragende selbstgestellte Aufgabe des Malers. Wie jedermann im Palast war er lächelnder Zeuge der Vernarrtheit des Vaters in sein zierliches Töchterchen. Die Aufnahme zu Philipps Brustbildern hatte den alten Groll beigelegt, möglicherweise will der Schloßmarschall jetzt den Monarchen aufheitern. Niemand berichtet über das Entstehen oder wie Velázquez vorgegangen ist. Gewiß malt er keine Einzelstudien. Er muß Herkommen und Hofetikette überlisten, hinter dem Rücken des Erlaubten arbeiten, deshalb hatte er die Modelle ebenso im Kopf wie ihre aus Selbstzitaten abgeleiteten Posen.

Wer vom Hofgesinde zum Vorschein kam, Zug um Zug auf der Leinwand, hat gleichsam seine Wiedergeburt erlebt. Über Monate wird der Palast jede neue Figur und ihr Vorbild anstaunen wie eine Erscheinung – die vom Adel verblüfft, das Gesinde wie angenagelt und mit offenen Mündern. Palaver, Trubel, Klatsch, Aberglauben und Neid, sind leicht zu ermessen. *Ich stelle mir vor:* Das Gewisper, das den Entwurf und die fortschreitende Malarbeit begleitet. Der Hof kolportiert, wen *el Sevillano* – wie sie ihn nennen – in die Szene hineingenommen hat und warum, man erörtert, wie im Miteinander der Einzelne herauskommt. Wer irgend Zutritt hatte, ging das Bild anschauen, wann immer er konnte. Schon beim Malen hört Velázquez den Interpretationen zu. Schmunzelnd?

---

[23] Der Doppelname der Infantin hat sich bislang nicht eigebürgert, bezeugt hat ihn Philipp IV. selbst. Am 25.7.1651 schreibt er im erwähnten Briefwechsel (s. Fußnote 20) mit der adeligen Nonne: »... die Neugeborene ist fabelhaft und so glänzend, daß sie mehr einer Schwester ihrer Mutter gleicht als deren Tochter; Eure kleine Gebieterin [die Adlige war zuvor Kinderfrau der zwölfjährigen Stiefschwester María Teresa] ist sehr zufrieden mit ihr und sagt, daß sie ihr Kind wäre; heute wird Taufe gehalten, und wir nennen sie Margarita María.«

Noch Jahrzehnte später erfährt Palomino vom allgemeinen Staunen. Der Alcázar hat dem Biographen, mit den Namen von nahezu allen Dargestellten, die Anteilnahme der Königsfamilie überliefert: die junge Königin oder die Infantinnen waren ständig mit ihren Damen heruntergekommen. Auch Philipp erschien wieder regelmäßig im Atelier, um mitzuerleben, wie sich aus Licht, abgewandter Leinwand und Bildnissen *La Familia* entpuppte.

Ihn wird der Maler in seine Komposition eingeweiht haben – soweit es das Familienbildnis betraf. Uns nicht. Doch aus den erkennbaren Wesenszügen *und* den Gesetzmäßigkeiten im Schaffen folgt, daß in Geheimnis und Verwirrspiel eine Aufgabe steckt, die eine Lösung enthalten *muß*. Wünschbar wäre, der König sei Mitwisser gewesen und die einzigartige Tüftelei abgesprochen als neues Kunstabenteuer. Wie einst beim *Silber-Philipp* in London, der königlichen Ganzfigur aus den dreißiger Jahren.

Philipp IV.
(in Braun und Silber)

Der Monarch könnte auch Mitwisser gewesen sein bei dem anderen »Streich«, im vorigen Abschnitt am Schluß erwähnt. In gleicher Weise, aber im Vordergrund »plump« herausgestellt und eben deshalb »unauffindbar« verheimlicht, entsteht 1638 eine meisterhafte Karikatur des Herzogs von Modena. Dem Abgebildeten hatte Philipp IV. den schwülstigen Titel des »Oberkommandierenden der Ozeane«, verleihen lassen, »mit Oberbefehl über alle Vasallen und Schiffe ... auf den Meeren des Westens, Ostens und Nordens«. Velázquez durchschaut offenbar den Herzog. Als er die Büste abschließt, wird er ihn gegen den Brauch schmücken *und* gegen die Madrider Kleidervorschriften anziehen. Dem Modell hat er im *Francesco d'Este* die (absichtlich) aufgeblähte Purpurschärpe auf die linke Schulter gelegt – die falsche nach der Hofetikette! Es ist schlecht vorstellbar, der Kammermaler habe kein »Trojanisches Pferd« erdacht. In dessen Innern er die Botschaft seiner Ansicht über das Modell verbirgt.

Zugegeben: Der Hergang bleibt jedesmal dunkel. Andererseits könnten Monarch und Autor in *La Familia* gemeinsam auf wirkliche Herrscherporträts verzichtet haben, damit in der Palastszene *Die Familie Philipps IV.* entstand.

Ausladend in den Maßen, streng im Aufbau, ausgedünnt im Geschehen, kann die Komposition ein Schnippchen sein, das der Maler dem Zeremoniell unterschiebt, mit königlichem Einverständnis.

Das Königsporträt erlaubte auf dem Scheitelpunkt des Absolutismus keinen Spielraum. Es verbot insbesondere einen Nebendarsteller: die Majestät trat allein auf. Den König durften Maler mit seinen Hunden abbilden oder zu Pferde, als Kronprinzen allenfalls in Begleitung eines Hofzwergs. Hin und wieder erscheint der Monarch in einer

Francesco d'Este,
Herzog von Modena

Menschenmenge als winzige Hauptfigur. Hier ist Velázquez der Bahnbrecher – beiläufig oder gar verstohlen, wird er unerhörte Versuche unternehmen, um das Herkommen und seine Schranken zu unterlaufen. Am Schluß gelingt ihm in seiner großen Palastszene ein Glanzstück: Von sich kann er ein Selbstbildnis hinterlassen, für Philipp IV. hat er der unerbittlichen Etikette ein Porträt der Königsfamilie abgelistet.

»Das doppelt ungemalte Hofporträt« scheint ein möglicher Beiname. Die abgekehrte Leinwand bleibt Leerstelle, ein Familienporträt wird versteckt umschrieben. Bekanntlich beansprucht der Herrscher dennoch das fertige Werk, er läßt es eine Treppe höher aufhängen, im Beratungszimmer (*pieza de despacho de verano*) der Sommergemächer. Hier meldet es ein Inventar, 1666 von Mazo aufgesetzt, mit seinen Abmessungen und dem geschnitzten Goldrahmen. Dann folgt: [Ein Gemälde, das] »die Kaiserin porträtiert, mit ihren Damen und einer Zwergin.« Gemeint ist die Infantin Margarita María: mittlerweile fünfzehn, wird sie im Dezember 1666 durch ihre Hochzeit mit Leopold I. Kaiserin von Österreich.

Für den Maler waren das sichtbare Thema und ein heimlicher Sprung über protokollarische Hürden nur Teilaufgabe. Er will ein Schlußbild des eigenen Schaffens aufführen, und er will *seine* Vorhaben unbemerkt ans Ziel bringen. So entsteht, bis heute unerkannt, eines der überragenden Gedankengebäude europäischer Geistesgeschichte. Inszeniert ist ein Stück Palastalltag in einem leeren Saal – das Kunststück birgt ein Labyrinth aus notwendigen Winken und pfiffigen Scheinfährten. Anders gesagt: Velázquez entwirft in einem offenen Bild das Werk mit den meisten Verstecken. Wer hintritt vor die Leinwand, fühlt sich zugelassen, ja eingeladen, sei es vom Maler oder von den Blicken der Modelle. Der *Prado*-Besucher, der meint, auf einen Blick alles zu sehen, geht bereitwillig in das Geschehen hinein. Neugierig forscht er weiter – und begreift nichts.

Er ist nicht der einzige. Die Fachwelt weiß längst alles über »*Las Meninas*«, nur nicht, was *Die Hoffräulein* letztlich vorführen. Die Summe vergeblicher Mühen hat 1999 der Kunsthistoriker Holger Liebs gezogen, in einem großen Artikel, einer Insel in der Flut der Würdigungen zum vierhundersten Geburtstag. Einleitend schreibt er: »Für die Zunft der Bilderdeuter sind ›Las Meninas‹ zur Allegorie der Vergeblichkeit des eigenen Tuns geworden, zum pflichtschuldig durchexerzierten Wettbewerb ohne Sieger: Das Schrifttum ist auf den Umfang einer mittelgroßen Bibliothek angewachsen, aber der Königsthron der Kunsthistoriker bleibt leer.«[24]

---

[24] *Geheimnisse der Hoffräulein*, in: SZ am Wochenende, Feuilleton-Beilage Nr. 132, 12./13.6.1999, S. I

Wie bei Bildinterpretationen ganz allgemein, fällt in dieser »Bibliothek der Hypothesen« der Hang auf, das Werk umzuschaffen nach Wissen oder Wünschen des Deuters. »[Der Verfasser gesteht], daß wir bevorzugen würden, man hätte in diesem Gemälde die beiden Zwerge unterdrückt. Sie sind der Kontrapunkt des Monstruösen, die Kehrseite von so viel Reinheit.« José Camón Aznar hat im Absatz davor die kindliche Unschuld der Infanta und ihrer *meninas* herausgestellt. Den obigen Einwand beschließt sein Satz: »Aber übertrieben ist der Kontrast zwischen der Gruppe der zwei Meninas und der Infantin, so beflügelt, so jungfräulich verlockend, und dem derart festen und fleischigen Geschöpf der Zwergin.«[25]

Zur Quintessenz solcher Lesarten, zur »unlösbaren Frage, was der Maler in *Las Meninas* malt«, hatte eine frühere Doktorarbeit den Liebs-Befund gleichsam vorab untermauert. Caroline Kesser hat ihre Dissertation zur Wirkungs- und Rezeptionsgeschichte des Bildes 1994 zu einem spritzigen Buch umschrieben.[26] Ihr Ergebnis kann sie eindrucksvoll belegen – in einer breiten Übersicht unvereinbarer Ansichten. Deren Verknüpfen schuf den Strudel, in dem die jüngere Forschung kreist, ohne zu gültigen Deutungen zu gelangen. Seit fünfzig Jahren verstrickt sie sich zunehmend in gegensätzlichen Thesen oder selbstsicher anmaßender Rhetorik. Ratlosigkeit in drei Jahrhunderten Wirkungsgeschichte verdeckt den Bildinhalt mit einem Wandschirm aus Gewißheiten und geistreichen Aperçus. Seit einiger Zeit antworten deshalb Feinfühlige, die im Rätsel eine Verschwörung gegen den Betrachter zu spüren glauben, Gemälde und Autor auf neue Art: Sie sprengen die Unnahbarkeit mit aggressiven Paraphrasen oder bissigem Vorwurf.

Vorgeblichen Gewißheiten oder eingestandener Unlösbarkeit gleichermaßen bestimmt, scheint ein Aphorismus Paul Valérys. Unverhofft ist ein Motto zu *La Familia* gefunden: »Das beste Werk ist dasjenige, das sein Geheimnis über die längste Zeit bewahrt.«[27] Bemerkenswert im Hinblick auf eine nie beachtete Seite im Streit um die richtige Lösung, umreißt das Zitat vermutlich das Ziel des Malers. Listig gibt er mit *La Familia de Felipe IV* ein gigantisches Rätsel auf. Zugleich hat er den notwendigen roten Faden mitversteckt, und es ist dieses Widerspiel, das über die Jahrhunderte alle Deutungen in der Schwebe hält.

---

[25] *Velázquez*, 2 Bde, Madrid 1964. Bd. II, S. 840
[26] *Las Meninas von Velázquez*, Berlin 1994, S. 163
[27] Valéry, Paul: Œuvres, 2. Bde., Paris 1968. *Le meilleur ouvrage est celui qui garde son secret le plus longtemps.* in: Tel quel – Littérature, Bd. II, S. 562

Das Bacchus-Fest

Dargestellt sind neun Personen und die Augenblicke vor einem Trunk. Sieben Figuren hat der Autor auf das Thema ausgerichtet in ihrer Pose: Seitlich der leuchtenden Gestalt im Mittelpunkt beugt je ein Figurant das Knie in zeremonieller Ehrerbietung, andere schauen aus der Leinwand heraus. Ihre Blicke packen den Betrachter, er muß sich einbezogen fühlen in die Vorgänge – der Vorwurf, er habe als Eindringling den Ablauf unvermittelt angehalten, scheint jeden Museumsbesucher zu treffen. Offenbar im Kontrast zur eindringlich stummen Ansprache nach vorn, beobachtet einer der Teilnehmer von links her gelassen den abrupt unterbrochenen Trubel. Am anderen Bildrand ist ein Statistenpaar abgesondert von Handlung und Zwischenfall, man scheint ein paar Worte zu wechseln. Die übrigen Darsteller warten sichtlich auf ein Zeichen, um weiterzumachen. Schließlich gibt es vorn links – wie in den Umrissen einer Silhouette – die ungewöhnlichste Einzelheit; halbversteckt, da sie die Aufmerksamkeit zur Bildmitte lenken will. Für den gleichen Zweck bleiben die Umgebung unbestimmt, der Fond dunkel, die Gegenstände auf das Mindestmaß beschränkt.

Um die Doppeldeutigkeit als Grundelement vorzuführen, greift die Beschreibung ebenfalls zum Selbstzitat. Ursprünglich ist der Text auf das *Bacchus-Fest* geschrieben. Allerdings geht Velázquez in *La Familia* ein tüchtiges Stück hinaus über seine *Trinker*, da er die »Palastwirklichkeit« miterdenkt. Das fingierte Atelierbild stellt er in eine umgedeutete Galerie, die Posen bezeugter Mitmenschen sind umgewandelt zu Anleihen bei eigenen Bildern.

Beispielloses Denkvermögen ersinnt ein Gespinst aus Geometrie, Gesten, Auftritten, Gruppierungen und Gegenständen, und im fünffach verflochtenen Garn hat der Künstler überall einen Faden Unstimmigkeit mitverzwirnt. Das einzelne Bildelement wirkt »real«, ist aber Rückgriff. Es birgt einen Fehlschluß, mitsamt dem Hinweis auf dessen Untauglichkeit, und führt zuletzt einen Schritt voran zum Verständnis. Etwa die abgekehrte Leinwand: mit Künstler und Modell deutet sie auf eine Malsitzung, doch ihre Abmessungen widersprechen unmißverständlich. Die Übergröße macht sie andererseits zum Haupt*gegenstand* und damit zur *angemessenen* Leinwand für das *imaginäre* Porträt der Königsfamilie. Doch ihre verblüffendste Seite sind keineswegs die »zwei« leeren Oberflächen, es ist die Herkunft der mächtigen Zutat. Die »Sichtblende« hat Velázquez aus seinem »Vorhang aus Lanzen« im *Breda*-Bild abgeleitet. Die Idee einer Trennwand in *Las Lanzas* überträgt er auf einen Innenraum; zur Tarnung reichte aus, daß er sie in der Diagonale versetzt. Und wie ausdrücklich unterstreichen *pentimenti* die Anleihe bei sich selbst: Ob Lanzen oder Leinwand, jedesmal sind die ursprünglichen Abmessungen zum oberen Bildrand hin verlängert.

In einer Vielfalt ähnlicher Verknüpfungen hat der Maler in *La Familia* den Köder für voreiliges Begreifen stets mit einem notwendigen Happen zum Verständnis verschlungen. Kein Wunder also, daß der Haken, an dem vordergründig ein falscher Schluß baumelt, immer auch als unerläßlicher Schlüssel dient. Die mehrdeutigen Lockspeisen machen aus jedem Bildobjekt eine Tür zum Sinngehalt: Wer den Wink erkennt und sie öffnet, stößt auf drei, vier oder fünf Gänge – blind, bis auf einen! Statt den Palastalltag zeigt das »Abbild« ein Gebäude aus Irrgängen und bewährten Einfällen.

Wegen dieser Anlage, zu der wesensmäßig Rückblenden, Willkür und innerer Widerspruch gehören, gelingt der Gesamteindruck: leicht zugänglich, bleibt die Palastszene unauflösbar rätselhaft.

Das Labyrinth hat gleichwohl einen Ausgang, und die richtige Spur liegt im Bild – vor den Augen aller Betrachter. Zum Autor und seinem Scharfsinn würde gehören, daß er *zwei* Fährten gelegt hat. Falls die Komposition schlüssig ist, müßten Deutungen die Figuren, Gegenstände und Vorgänge umschließen wie der authentische Palastraum das Gemisch aus Einbildungskraft und Anspielungen. Für mich heißt deshalb die genaue Titelzeile: *Velázquez, als er vorgibt, die Familie des Königs zu malen*. Herausfordernd könnte der Titel *Das zerstörte Atelier* lauten. Er würde das Werk endgültig wegführen vom Anekdotischen und seinem Spitznamen. *Die Hoffräulein* erfaßt letztlich nur, was zahlenmäßig überwiegt – das einzige Figuren*paar*! Ständig volkstümlicher geworden, hat »*Las Meninas*« das Kunstgebilde im Malwerk verschluckt.

Dargestellt ist keine Atelierszene, Velázquez malt nicht einmal, und den wenigen Requisiten – Staffelei, Malstock, Pinsel, Palette – kommen weder die Vorgänge zu Hilfe noch die Umgebung. Das wirkliche Atelier war kein leerer *Saal*, es war ein *Arbeitsraum* für Farbenreiber, Gehilfen und Maler, eine Werkstatt mit ihren Gerätschaften, mit Nordfenster(n) zum Porträtieren. Eine Atelierszene enthielte Spuren dieser Zwecke. Bewußt unterdrückt Velázquez jeden Anklang. Die Wände voller unlesbarer Bilder oder dunkler Szenen von fremder Hand, bleiben ein Bildersaal, auch wenn eine Leinwand hineingestellt ist. Im übrigen ist die »vorgebliche Malsitzung« mit beispielloser Willkür in der Perspektive behandelt: schmal und tief war das *Prinzenzimmer* völlig ungeeignet für das vorgetäuschte Zusammenspiel. Solche Stolperstellen erschaffen *optisch* den Haupteinwand gegen ein Posieren der Prinzessin. Im Gegenzug soll die scheinbar unterbrochene Aufnahme das Auge zu dem Fehlschluß *anstiften*, der das Werk mit dem Autor und seinen Aufgaben verwechselt. Oder gleichsetzt.

Für die Sinnsuche heißt das: Nachdenken über den Malvorgang *im* Bild verfehlt bereits jede Möglichkeit einer Lösung. Beweis ist das unermüdliche Abklopfen einer vermeintlichen Realität. Seine Formel steckt in der einen Frage, die Betrachter Tag für Tag dem Reigen der Szene stellen: Was malt Velázquez in »*Las Meninas*«? Daß sie für unlösbar gilt, liegt in der Einseitigkeit der Fragestellung. In Wahrheit hat der Entwurf auch »das Malen« zwiefach angegriffen und bewältigt: *Im Bild* zeigt Velázquez, daß er nicht malt – ob er überhaupt malen will, bleibt offen. Er malt aber *La Familia*! Ins Spanische übersetzt würde »er malt *La Familia*« das Ziel sogar in der *richtigen* Doppelbedeutung von Malwerk *und* Thema umreißen. Die Szene ist kein Augenblicksbild vom Porträtieren noch (ab-)gemalte Realität, sie ist Kunststück und Kunstwerk.

Den zwiefachen Ansatz haben Betrachter von Anbeginn entdeckt. Wer beide Themen erkannte, verlor anschließend die wichtigere Spur – die Fährte *im Bild*. Nie ist der Dreisprung geglückt von der Unlösbarkeit über die Mittel zur Absicht: Ausgefeilt hergerichtet ist *die Unmöglichkeit* einer stimmigen Antwort. Der Fragesteller, der sich im Kreise von Netzhauteindrücken dreht, die sich obstinat widersprechen, soll den Plan des Autors aufspüren: Die Frage bleibt willentlich ohne Antwort – es ist die falsche Frage! Aus dieser Sackgasse heraus möchte das Werk hinlenken zu *sich*, zum ungemalten Familienbild. In *La Familia* kann Velázquez es andeuten, er darf es aber nicht ausführen! So malt er unentwegt vorbei am *unterstellten* Thema und hat mit dem Selbstporträt in Maler*pose* die falsche Fährte schlechthin gelegt.

Im Bildgeschehen steckt ein Widersinn, der dem Sinn vorausgeht: die Leinwand will ihre Lösung gleichzeitig anbieten *und* verbergen. Das Abbild der Hofgesellschaft zerfällt in mehr als Augenschein und Komposition. Die locker zufällige, ganz gegenständliche Zusammenkunft hat der Maler erfunden und in einer kaum vorstellbaren Weise im voraus bedacht. Er widerlegt dabei auch die »Atelierszene«. Zug um Zug – sei es in Personen, Posen oder Dingen, um mit ebendiesen Figuren und Zutaten das Sinngefüge *seines* Bildes aufzubauen. Solche Gedankenfülle macht aus dem Gemälde das einzigartige Hauptstück im Œuvre. Anderseits hat die Vielschichtigkeit verhindert, in *Die Hoffräulein* den reinen Widerschein zu entziffern. Das Bild gilt für eine Atelierszene oder Malsitzung, kein Auge sträubt sich gegen den Eindruck – jedes Bildelement verkündet das Gegenteil. *Die Darstellung will genau diese Lesart verhindern!* Alle Einzelheiten widerrufen, was der Gesamteindruck beschwört. Der erste Blick sagt, ›Hier wird porträtiert‹. Der Aufbau zeigt, was bei einigem Nachdenken niemand dem Zusammenspiel und dem Genius des Malers bestreiten wird als Leitgedanken: ›Hier können keine Bildnisse entstehen‹.

In der Tat überbietet sich Velázquez in Widersprüchen, um die Szene von einer Aufnahme *ad absurdum* zu führen.[28] Sein bewährter Schachzug gegen

---

[28] Zu den schwer erklärbaren Parallelen in den geistigen und Kunstströmungen einer Epoche gehört, daß Johannes Vermeer in Delft etwa zehn Jahre später eine Porträtszene von Maler und Modell, genannt *Die Malkunst* (*Kunsthistorisches Museum*, Wien), auf seine Art mit gleichem Widersinn anfüllt: Im Zimmer fehlen, wie ausdrücklich Hinweise auf ein Atelier; die Leinwand ist zu schmal für Modell *und* Trompete; der gezeigte Maler beginnt das Porträt widersinnig, indem er auf der leeren Leinwand den Lorbeerkranz *ausmalt*.

die »offene Selbstanzeige« bleibt natürlich, daß er den Doppelsinn im Vordergrund verbirgt, wo er ihn unübertrefflich wirklichkeitsnah inszeniert, und blendend lebensecht vorführt. Die Hofepisode, spärlich besetzt, ist durchschaubar aufgebaut, herkömmlich ausgestattet, knapp und beiläufig erzählt. Hinter Einfachheit und Können verschwindet die innere Spaltung des Bildes. Mehr noch: Unlösbar als Aufgabe, wird der berechnete Widersinn unangreifbar im realistischen Miteinander des Gezeigten. Dieser Wahrheit entspricht als zweiter Grundzug die Unvereinbarkeit: Nichts paßt! – es *soll sich nicht fügen*.

Damit der Irrgarten unsichtbar bleibt, ersinnt der Künstler die Leere; um sie zu überspielen, gibt er eine Pause beim Aufnehmen der Infantin vor. Doch die Malsitzung widerlegten prompt Leinwand und Staffelei: dem Prinzeßchen stand – nach Protokoll und Schicklichkeit – kein solches Riesenformat zu. Die Malfläche würde das Kind ohnehin verschlucken oder den Maler zwingen, die Gestalt aufzublähen zu einem Monstrum in dreifacher Lebensgröße. Im übrigen finden sich lauter Winke, daß er *nicht* porträtiert. Sei es im fehlenden Atelier oder der vertauschten Position von Maler und Modell, sei es etwa sechs Meter entfernt von der Staffelei, in der eigenen Gestalt, im Seidengewand des Schloßmarschalls, mit zu schmächtigem Handwerkszeug. Mit einer Handvoll kleiner Pinsel in der Linken, samt einer Palette, die für sich ein äußerster Gegensatz zur Absicht scheinen, *diese* Leinwand zu bemalen.

Den nächsten Punkt ergibt die Farbauswahl auf der Palette: In den Klecksen lassen sich Bleiweiß ausmachen, Zinnober, Karmin, heller Ocker, Elfenbeinschwarz, gebranntes Siena oder Knochenkohle; es fehlen gelbe oder Blautöne, die nachweislich im Gemälde vorkommen. Kurz: Sorgsam vereitelt sind alle denkbaren Lesarten einer Malsitzung mit der Prinzessin.

In gleicher Weise ist für den Eindruck von Wahrheit überall zu Widersprüchen oder Regelverstößen gegriffen, zuweilen herausfordernd plump. Grobe Mittel suchen offenbar hinzuleiten zur Einsicht, die Szene sei gestellt, das Malen Vorspiegelung. Welchen Hinweis hätte der Hofmarschall noch einkomponieren müssen, damit niemand mehr ausruft: Was malt Velázquez da!

Sein Grundthema schließt freilich die Kindergestalt ein. Mittelpunkt im Entwurf ist sie zugleich Alibi des Malers und die reale Hauptperson in Philipps virtueller Familie. Die Prinzessin, pausierend in ihrer »vorgetäuschten« Aufnahme, verkörpert die wirkliche Gestalt unter den *sichtbaren* Abbildern. Im »vorgeblichen« Spiegelbild an der Rückwand sind die Oberkörper der Eltern gezeigt. Die Dreiergruppe umfaßt, was Velázquez dem Zeremoniell ablistet und seinem Gönner anbietet, der vielleicht Mitwisser ist: Das erste *gemeinsame* Porträt regierender Majestäten *und* königliche Familienbild der *spanischen* Malerei.[29]

Das Wagestück spanischer Hofmalerei ist als Doppelvorgabe angelegt und zweifach ausgeführt – sichtbar und imaginär. Die virtuelle Darstellung auf dem Bild im Bild, natürlich heißt sie *La Familia de Felipe IV*. *Imaginär* wendet die Infantin den Kopf, treten Königin und König heraus aus dem Spiegel. Das Paar stellt sich auf vor den zeremoniellen roten Vorhang, ihr Töchterchen, ohne Gefolge, in schicklichem Abstand *vor* die Eltern. Zusammengeführt, zusammengefügt zur Familienaufnahme, »füllen« die Ganzfiguren der Dreiergruppe die absichtlich unangemessene Leinwand vor dem Maler.

In Wahrheit bleibt deren Vorderseite leer. Die Vollendung ist dem Betrachter aufgegeben, er soll *La Familia* gedanklich ausmalen aus Vorgaben und Fingerzeigen. Letztlich will das Bild erreichen, was es im *Prado* ohnehin anstiftet: Mit der Szene im Blickfeld macht sich jeder aus dem Publikum daran, auf der abgekehrten Leinwand *sein* Bild zu erschaffen. Das Ergebnis gilt ihm für die Absicht des Malers. Museumsbesucher »sehen« im Gemälde das Werk, das unverwirklicht bleibt, auch dem Maler scheint es *vorzuschweben*. Velázquez schaut her in seinem Selbstporträt, doch mit einem Blick, hinter dem die Gedanken abgeschweift sind – erfaßt sein inneres Auge den Auftritt, den er nicht zeigen durfte?

Für ein Doppelporträt oder Dreierbildnis der Majestäten fehlte im Palast die wichtigste Voraussetzung: der Beispielfall. Herkommen und Zeremoniell haben den Beteiligten sogar das Porträt *des Herrscherpaares* untersagt. Der spanische König »*durfte*« gar nicht teilnehmen in Person, schon deshalb sind Philipp IV. und Mariana im gemalten Palastraum *nicht auszumachen. Nirgendwo*. Es scheint, daß Margarita María auftreten durfte zwischen Maler und Hofgesinde, notorische Kühnheit des Sevillaners hätte möglicherweise die Königin einschmuggeln können. Ein Mitwirken des gottähnlichen Herrschers, ob handelnd oder nur anwesend, blieb ausgeschlossen. Die Grenzen des Möglichen hatte um 1635 Juan Batista Maino abgeschritten in seinem Beitrag zum *Saal der Reiche*. Maino macht den jugendlichen Philipp in *Die Wiedereroberung von Bahía del Brasil* zur Hauptperson, zeigt ihn aber im Hintergrund und als Bildfigur.

[29] Ende der dreißiger Jahre soll Alonso Cano bei seiner Ankunft in Madrid vom Hof als erstes den Auftrag zu einem postumen Doppelporträt der Katholischen Könige – Isabel von Kastilien (1451–1504) und Ferdinand von Aragonien (1452–1516) – erhalten haben. Lt. Wethey, Harold E.: *Alonso Cano*, Princeton 1955, S. 18

Velázquez, als er das Königspaar in *La Familia* einbringen möchte, verfällt auf das erfundene Doppelporträt im Spiegel. Auch diesen Kunstgriff könnte das Bild erläutern in der schmalen Aureole ringsum am Rahmen. In zwei Fingerzeigen. Der Lichtrand, möglicherweise wirklichkeitsgetreu hervorrufen von abgeschrägten Kanten an der Spiegel*oberfläche*, will das Herrscherpaar erhöhen. Als erfundene Beigabe wäre er außerdem das königliche Siegel – mit dem doppelten Abbild ermächtigt es den Künstler zu seinem gewagten Tun. Verkündet wird das Einverständnis Philipps IV.; der Hofmarschall schafft unter dem geistigen Auge des Monarchen.

Im Gegenzug ist der König nicht Teilnehmer, nicht einmal im Spiegel. Ihm, vermutlich eingeweiht in das heimliche Thema, hat der Untergebene sein Vorgehen nicht zu erklären brauchen. Erst künftige Beschauer, nicht (mehr) vertraut mit dem Hofzeremoniell der Epoche, werden Leinwand und Spiegel Darstellungen unterlegen, die gar nicht entstehen *konnten*.

Zum Überfluß widerlegt das Bildgefüge den Gedanken, das Königspaar könne wirklich auftreten. Ein *Porträt* Philipps IV., klar ausgewiesen als Malwerk, hätte unbeanstandet seinen Platz finden können: Mazo gibt das Beispiel in seiner Atelierszene *Familie des Künstlers*. Velázquez hätte es die Rätselaufgabe verdorben, das beabsichtigte Widerspiel von Schein und Realität. Anders stand es um ein Doppelporträt mit König und Königin. Sie lebten im Alcázar in großem Abstand voneinander, umgeben von ihrem Hofstaat in getrennten Gebäudeteilen des Palastes. Es war unzulässig, ein Doppel*porträt* einzufügen in *La Familia*, selbst als Abbild an der Wand. Deshalb scheidet eine Deutung aus, wie sie u. a. Camón Aznar aufgebaut hat. Zusammenfassend sagt er: »Eine sehr wahrscheinliche Hypothese ist die, daß er [Velázquez] eben das Bild *Las Meninas malt*, so wie wir es heute kennen.«[30] Das Hofzeremoniell verbot auf der *abgekehrten Leinwand* jenes Auftreten beider Majestäten, das der Spiegel trügerisch andeutet. Der Widerschein an der Rückwand lügt, er gibt seine Listen freilich doppelt zu erkennen. Unterdessen erreicht der Maler das erste seiner Ziele: Das verbotene Dreierporträt gelingt – *gegen* die Etikette, *innerhalb* der Protokollschranken.

Die Erschwernis des Herrscherporträts, in dem keine zweite Person zugelassen war, galt möglicherweise ausschließlich für den Zeitraum des spanischen Absolutismus unter Philipp IV. Etwa ein Jahrhundert zuvor umgeht Tizian – in seinem Doppelbildnis mit Karl V. an einem Tisch neben Isabel von Portugal – vermutlich das *spanische* Herkommen. Velázquez kann dem

---

[30] a. a. O., Bd. II, S. 845

Zwang listig ausweichen, und nach ihm nimmt sich Claudio Coello um 1690 *La Familia* zum Modell. Damals ist der Weg geebnet, im übrigen bietet eine Kirchenfeier mit Karl II. im Escorial den unanfechtbaren Vorwand. In *La sagrada forma* hat Coello den Herrscher *wirklich* vorgeführt. In einem monumentalen Kirchenbild (5 x 3 m) kniet Carlos II vor der Hostie, als die herausragende unter etwa fünfzig »Nebenfiguren«. So kann, ein gutes Jahrhundert später, Francisco Goya in Aranjuez Karl IV. mit seiner ganzen Familie umgeben. Das Gruppenbild mit Autor zeigt augenfällig krass, wieviel der König von Spanien mittlerweile eingebüßt hat von seiner Gottähnlichkeit.

Doch der Maler als Figur *neben* dem Königspaar wäre selbst zu Goyas Zeiten undenkbar gewesen. Velázquez hätte nicht einmal gewagt, sich *mit* der Königsfamilie abzubilden, und sei es als deutlicher Schemen hinter den Majestäten wie der Nachfolger. In der spanischen Maltradition war, wie gesagt, nie zuvor das Herrscherpaar auf *einer* Leinwand *porträtiert*. Eingebettet zwischen frühere und kommende Beispielfälle, sind die Grenzen übersteigerter Königsverehrung unbemerkt geblieben. Dem Sevillaner haben sie just diese Spielart der Bildnismalerei verwehrt.

Wer *La Familia* kennt oder den Abschnitt mit Seitenblick auf eine Fotografie durchliest, hat längst einen Einwand auf den Lippen: Aber die Inszenierung der Figurenkette und ihrer Blicke! Anfang 2000, in einem sonnigen Madrider Vorfrühling ohnegleichen, sprach mich vor dem Gemälde eine schlicht gekleidete Frau an, mit einer Frage. Sie hatte wohl beobachtet, wie eine Malerin und ich das Bild erörterten. Die Bekannte war an ihre Staffelei zurückgegangen, sie kopierte den *Bacchus* im gleichen Raum. Jetzt sagte die Frau: »Ach bitte, erklären Sie mir doch, ... was wollen diese Leute im Bild von mir? Sie schauen mich so nachdrücklich an – die wollen doch etwas von mir!« Meine Antwort habe ich mit einem Kompliment begonnen, für mich war in der Tat die Absicht des Malers getroffen. Velázquez will diese Frage, sie ist der Einstieg.

Neben der Malergestalt und dem Spiegelbild an der Rückwand ist die Blickfront freilich auch die dritte Scheinfährte. Fremdenführer pflegen ihrem Fähnlein Touristen vorzutragen, König und Königin würden eben bei Velázquez und Margarita María in eine Pause der Malsitzung einbrechen. Oder es hätten, im Gegenteil, die Prinzessin mit ihrem Hofstaat eine Aufnahme des Königspaares gestört. Im Trubel hat jemand ein Getränk für die Infantin an eines der Hoffräulein weitergereicht, kniend bietet María Agustina Sarmiento auf einer Goldschale den kleinen, roten Krug an. Er ist aus *búcaro*, einer wohlriechenden Tonerde aus Ostindien, die man über Portugal einführte. Solche Lesarten berücksichtigen das Aufsehen, das – im doppelten Wortsinn – eine plötzliche Unterbrechung hervorrufen mußte. Sie übersehen das Gesicht der *menina* mit dem Krüglein – das junge Mädchen wirkt wie gebannt, der Blick scheint die zierliche Prinzessin aufzusaugen.

Auch das Gebaren anderer Hofleute stellt sich gegen die Annahme von einer Störung. Warum schaut nur ein Teil der Anwesenden nach vorn, wenn wirklich Unerwartetes geschah? Auf der Treppe jenseits der Tür hat sich José Nieto umgewandt, der Hofmarschall der Königin, von Amts wegen mit dem Hut in der Hand; vorn blicken Margarita María, knicksend Isabel de Velasco und die deutsche Zwergin Maribárbola in die gleiche Richtung. Nach dem Königspaar? Nach einem unverhofften Lärm oder Zwischenfall?

Keineswegs! Was den Hofmann angeht, ist seine Pose ein Zitat aus der *Arachne*-Fabel.[31] Hinter der Tür steht er aus malerischen Gründen: Die Gestalt soll den leeren Rahmen füllen und einen Teil der gleißenden Helligkeit im Gang verdecken. Vor ihm, in Blickrichtung der Prinzessin, hätten Mariana und Philipp IV. ohnehin nicht ungehört oder unverhofft eintreten können. Wie der Tochter folgte beiden Majestäten ihr obligater, größerer Hofstaat: wo immer sie im Schloß unterwegs waren, mußten sie Lärm oder Getrappel von weitem ankündigen. Listig erfindet Velázquez ferner den Hund und sein Dösen; das Tier hebt den Zwischenfall auf, den die Blickfront andeuten möchte. Bei unverhofftem Krach wäre der Hund bellend auf den Beinen gewesen, bevor irgendjemand Zeit gehabt hätte, den Kopf zu drehen. Die Inszenierung betont ausdrücklich Gelassenheit: Der kleinwüchsige Nicolás de Pertusato gibt dem Tier einen Fußtritt, seine Miene und Hände zeigen, daß er sich müht, den Hund aufzuscheuchen. Wie sich die zwei betragen, muß eine unverhoffte Störung endgültig ausfallen.

Was also wollen sie, die Augenpaare, die derart suggestiv herschauen? Vermutlich ist die Blickregie Hinweis und Aufforderung. »In der frontalen Darstellung der menschlichen Figur kommt durch die Wendung des Oberkörpers nach vorn eine betonte Beziehung zum Beschauer zum Ausdruck. [...] Jede höfische, ruhmverleihende und lobpreisende Kunst enthält etwas von dem Prinzip der Frontalität – des Frontmachens vor dem Beschauer, dem Auftraggeber, dem zu ergötzenden und zu bedienenden Herrn. Das Kunstwerk wendet sich ihm als einem Wissenden und Mitwissenden zu, dem gegenüber die vulgären Illusionskünste nicht am Platze wären.«[32] Arnold Hauser bringt den Absatz zur Frontalität, als er altorientalische Kunst abhandelt, führt ihn aber weiter bis ins klassische Hoftheater. Das Zitat beleuchtet unvermittelt mögliche Absichten des Malers. Im Figurenaufbau möchte er sichtlich zu

---

[31] Beim Gegenstück zu *La Familia* schaut im Alkoven wie absichtlich nur eine einzige Frauengestalt in gleicher Wendung aus dem Bild heraus.

[32] Hauser, Arnold: *Sozialgeschichte der Kunst und Literatur*, München 1983, S. 39 f.

Die Frau im Alkoven, die sich umwendet (Arachne-Fabel)

verstehen geben, daß der *zu bedienende Herr* eingeweiht war. Und gewiß will er den nachdenklichen Beschauer zum Mitwissenden machen.

So fordert, wer aus dem Bild herausschaut, den Ankömmling unzweideutig auf teilzunehmen. Wenn jedes Kunstwerk verlangt, daß man ihm antwortet, ist die Forderung in Velázquez-Szenen geradezu unverblümt vorgetragen: im Augenblicksbild[33] aus dem Alcázar mit gebie-

---

[33] Den Begriff *Augenblicksbild* hat Carl Justi geprägt, als er die Gruppendarstellung mit Königsfamilie und Maler abhandelt.

terischem, in der *Bacchus*-Runde mit fröhlich unverschämtem Nachdruck. Die merkwürdige Tatsache, daß aus *Los Borrachos* anfangs »vier« Augenpaare ins Publikum blickten, ist im Grunde nicht seltsam: Die wiederholte Textstelle hat gezeigt, was die Hofszene den *Trunkenbolden* verdankt an Einzelheiten. Zu ihnen gehört die Blickfront, deren Zielpunkt jedesmal der Betrachter ist, als der eigentliche Dialogpartner des Künstlers. Dabei verweisen die merkwürdig eindringlichen Blicke in *La Familia* auf die schwierigere Aufgabe – der Irrgarten will keine Anteilnahme, er verlangt Mitdenken.

Das Spiegelbild (Ausschnitt aus *La Familia*)

Zum Beispiel beim Spiegel: Sein Widerschein täuscht, bildet aber den Kern der Familienszene. Immer wieder taucht die Frage auf, ob am Saalende überhaupt ein Spiegel hing. Die Antwort scheint unmöglich, ist indessen einfach und sogar eindeutig. Jeder im Palast konnte die Einzelheit nachprüfen – solche Requisiten mußten stimmen, damit der Schleier über dem Ganzen nicht zerriß. Notfalls hat der Schloßmarschall, in seiner Rolle als Hofdekorateur, rechtzeitig das Anbringen zwischen den Saaltüren befohlen.

Im Entwurf ist der Spiegel der Kunstgriff, in dem sich List der Hinterlist bedient – die *doppelte* Vorspiegelung macht unmißverständlich *Venus und Cupido* zum »Vor«bild. Obwohl Velázquez das Königspaar wahrheitsgetreu auftreten läßt; zwar seitenverkehrt, aber richtig. Nach dem Hofzeremoniell der Habsburger ging die Königin an der linken Seite, die Rechte des Herrschers mußte jederzeit nach der Waffe greifen können.

Das Doppelporträt ist dennoch irreal. Gespiegelt sind nicht Bildnisse auf der Leinwand, nicht das Königspaar beim Eintritt in den Saal, noch posierend vor dem Maler. In den letzten Fällen hätten Mariana und Philipp außerhalb der Szene gestanden, gleichsam vor dem Gemälde, neben dem Museumsbesucher. Die Komposition widerlegt jede Lesart: Obwohl Raumabmessungen und Größenverhältnisse hierfür ausgereicht hätten, ersinnt Velázquez mit aberwitzigen Einfällen noch einen ganzen Strauß Fehlmeldungen.

Damit die Majestäten dort gezeigt sein könnten, wo jetzt der *Prado*-Besucher steht, müßte im Spiegel der Fluchtpunkt der perspektivischen Konstruktion liegen. Parallele Geraden, soweit sie in die Tiefe des Bildes führen, schneiden sich jedoch in der Türöffnung. Der wirkliche Fluchtpunkt liegt links von der Figur des Höflings auf der Treppe. Allenfalls könnte der Spiegel ein Stück der abgekehrten Leinwand verraten oder aus dem Raumabschnitt, den sie dem Auge verdeckt. Nicht aber zurückwerfen, was sich *vor* ihm abspielt. Margarita María und die anderen, statt hinzuschauen zu den Eltern, wenden sich an den Betrachter.

Einzigartig wird das Spiegel*bild* durch den Reichtum an Einfällen und ihre Verdichtung. Eingeengt vom Zeremoniell zwängt der Künstler mehr hinein als Mariana und Philipp. Mit der gedrängten, unscharfen Wiedergabe sind in einem Zug drei Deutungen vereitelt: *Die Leinwand im Bild* würde das Königspaar abbilden, die Majestäten könnten *neben dem Maler posieren* in einer Malsitzung, oder gerade eintreten *durch eine gegenüberliegende Saaltür*. Der Grund gegen die zwei ersten Lesarten: König und Königin stehen zu eng beieinander. Die Enge, zugleich Notwendigkeit der Darstellung, ist der bei Velázquez übliche zweite Hinweis auf den irrealen Widerschein.

Spiegelfläche und Willkür in der Perspektive erzwangen ein Zusammenrücken, wo Palastalltag oder ein Doppelbildnis Abstand verlangt hätten – malerisch durch die Abmessungen von Staffelei und Leinwand, protokollarisch wegen der Hofetikette.³⁴ Im übrigen hat Marianas unförmiger Reifrock gar nicht erlaubt, daß ihr irgendjemamd, und sei es der König, *so* nahetrat.

Den Spitznamen »Infantinnen-Bewahrer« hatte sich das unförmige Kleidungsstück mit doppeltem Anrecht verdient: Eine Frauengestalt war in dem Ungetüm – das sich zu allem Überfluß bei jedem Schritt hob und senkte – wie eingepflanzt in eine bewegliche Festungsanlage. Niemand konnte sich der »Gefangenen« wirklich nähern, dafür mußte die Aufgeputzte das Gehen neu erlernen: es galt, übermäßig aufgebläht und ständig wippend, eine angemessene Würde zu bewahren. Mit dem Reifrock hatten die Damen im Theater oder Mietwagen den doppelten Preis zu zahlen. Wer in Frankreich und Italien im *guardainfante* in die Straße hinaustrat, war sicher, daß er weidlich verspottet wurde oder ausgelacht. Die Maße dieses Reifrocks schließen also die dritte Lesart zuverlässig aus: in einem *guardainfante* mußte die Königin allein durch die Tür treten – seitlich!

Kunstgriff und Notlösung, ist der Spiegel das Herzstück im Rätselspiel des Malers. Das Scheinporträt des Königspaares »begründet« die Pose von drei Akteuren, es »rechtfertigt« alle Blicke aus dem Bild heraus. In einer Nebenrolle bevölkert der Spiegel die Rückwand und hilft bei der Raumvorstellung: Einmal ist die ungemalte Saaltiefe gleichsam nach vorn projiziert, umgekehrt verschleiert er mit dem virtuellen Abbild die wirklichen Raumabmessungen.

Wer Betrachter nach ihrem Eindruck fragt von diesem »Atelier«, hört gewöhnlich, es handle sich um ein hohes, recht breites *Zimmer*, dunkel und von mäßiger Größe. Der Satz enthält letztlich den Augenschein – auch dann, wenn der Blick die Fensterfront rechts wahrgenommen hat, samt der doppelten Bilderreihe an den sechs Zwischenwänden. Für das vorgetäuschte Auftreten zu dritt war Velázquez gezwungen, den Saal zu raffen, in einer Wiedergabe, die dem Effekt eines Teleobjektivs gleichkommt. Der klare Aufbau, betonte Bildachsen, eine Vielzahl von Rechtecken, alles verleitet, an eine vermessene, nachmeßbare Architektur zu glauben. Doch Zeichnungen oder reduzierte Modelle, die in Abständen Szene und Entwurf wiederherstellen, verfehlen in der Regel die Raumtiefe.³⁵ Die Pläne liegen vor, die Räume des *cuarto*

---

³⁴ Für das vorgeschriebene Auftreten kann das Königspaar hinten im *Don Baltasar Carlos in der Reitschule* zeugen: In der Balkonszene steht Isabel von Bourbon »links« neben Philipp IV, mit dem »richtigen« Zwischenraum(s. S. 108).

³⁵ Ein aufschlußreiches Beispiel stammt von Philippe Comar in Lyon, der die Pläne im Winter 1981 veröffentlichte und sein Modell im März 1982 im Pariser *Centre Pompidou* ausgestellt hat. (Comar, P.: *Les Ménines*, in: Opus International, Nr. 83, 1981, S. 32 ff.

del príncipe sind ermittelt, die Maße mehrfach geschätzt[36] – auf etwa 4,5 m Höhe, 5,4 m Breite und 20,5 m Länge.

Sie ergeben einen *langgestreckten Saal*. Von der Staffelei zur letzten Wand, hinter dem Mann auf der Treppe, entspricht der Abstand etwa der fünffachen Deckenhöhe. Das *Prinzenzimmer* glich eher einer ausgedehnten Galerie als dem weiten Gemach, das *La Familia* halbwahr vortäuscht. Mit anderen Worten: Zeichnerisch richtige Wiedergabe hätte alle Geraden, die in die Tiefe führen, stärker zusammenbringen müssen, um zwischen Staffelei und offener Tür klar die tatsächliche Entfernung aufzuzeigen.

Daß Velázquez sogar einen Versuch in entgegengesetzter Richtung unternommen hat, lassen Röntgenbilder vermuten, wo ohne Mühe andere Größenverhältnisse abzulesen sind. Anfangs waren offenbar Malergestalt und Leinwand kleiner, im Hintergrund die

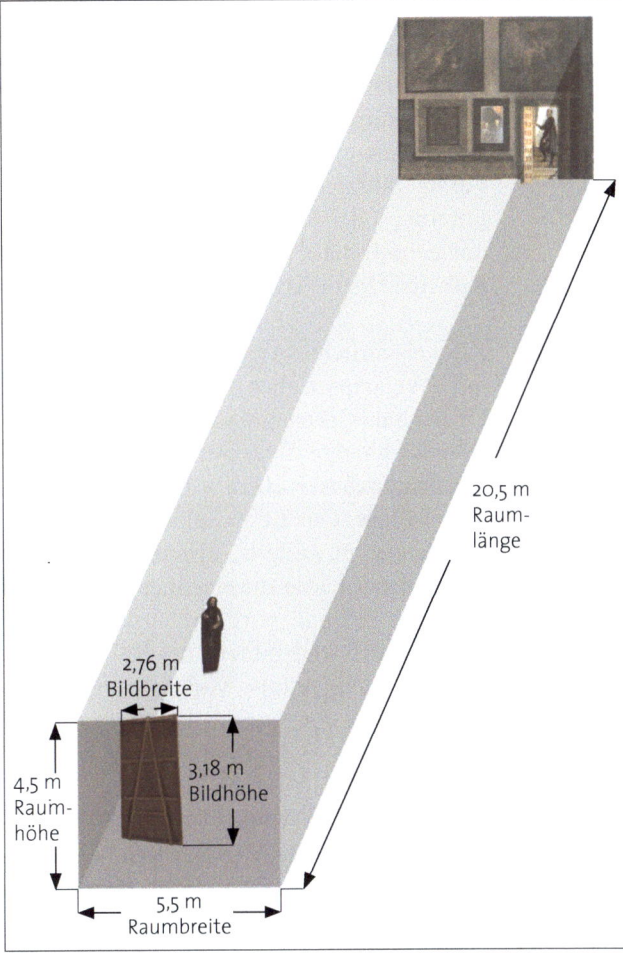

Schematische Darstellung von den Ausmaßen des *Prinzenzimmers*

zwei Bilder über dem Spiegel und der Tür aber riesengroß angelegt und von breiteren Rahmen eingefaßt. Ihre Ausmaße, da sie die Deckenfläche beschnitten, mußten in der kühnen Verkürzung die (unveränderten) Schemen im Spiegel und den Mann auf den Stufen viel stärker heranrücken an die Figurenkette. Angestrebt war die schmale Raumtiefe, wie sie Velázquez seinen Darstellungen aufgezwungen hat seit den Küchenszenen der *bodegones*. Der

---

[36] Kesser, a. a. O., S. 161 f.

Abstand, den Betrachter *sehen* in *La Familia*, sucht bereits, das *Prinzenzimmer* mit *weniger* Willkür abzubilden.

Sichtfeld und Raumarchitektur sind dennoch manipuliert: Zugunsten der Bildwirkung ist der Saal in seiner Länge zusammengezogen und der Raffung im übrigen ein dezentraler Fluchtpunkt mitgegeben. Diese Geometrie haben »drei« Bildzentren wieder aufgehoben: Die Infantin in Weiß, das Doppelporträt an der Rückwand oder die helle Türöffnung nebenan, alle geben sich abwechselnd als Bildmittelpunkt aus, und noch einmal hilft der Spiegel, den Kunstgriff zu vertuschen.

Zum eigentlichen Versteck seiner Kniffe und Kunststücke im *Prinzenzimmer* nutzt Velázquez aber die vorsätzliche Leere. Den Irrgarten entwirft er in der Überschaubarkeit einer tiefen Galerie, hineingestellt sind Leinwand und Staffelei als einzige Gegenstände. Die vorgebliche Alltäglichkeit der Vorgänge entspringt dieser Leere – bewußt unbetont ist sie in Wahrheit das tragende Bildelement. Der Leser sollte ein Foto von *La Familia* umdrehen: Die Szene auf den Kopf gestellt, offenbart in den Abmessungen der Decke, die nun Fußboden ist, die unterschlagene Tiefe. Der Saal, im wirklichen Grundriß lang und schmal, wirkt nahezu würfelartig.[37] Über seiner Weite wächst an den Rahmen und Bildern der Raum in die Höhe: etwa zwei Leinwanddrittel scheinen »ungenutzt«. Von der »Decke« in leuchtendem Ocker herab hängen, in der Form von bunten Handglocken oder als Farbkleckse, Schatten und Lichtflecken – es sind Menschengestalten in ihrer *richtigen* Größe.

Seiner Zeit weit voraus hat Velázquez im Bildaufbau die Leere eingesetzt als Hauptelement. Mit Rechten, die ihr seit Stephane Mallarmé und dem Symbolismus jede Kunstform zuerkennt. Daß sich ihre Rolle im Werk des Spaniers seit Jahrzehnten ausgeweitet hat, kann sie als bewußtes Kunstmittel bestätigen – bis zurück nach Sevilla. Anfangs suchen seine Entwürfe, Tiefe oder Innenarchitektur vorzutäuschen, wobei die Leere oder das Fehlen von Einzelheiten als Raum auftreten. Ob in *bodegones* oder in den Nonnenbildnissen, schon der junge Meister strebt sichtlich nach der Raumwirkung der letzten Bilder. Im *bodegón* hat er sich für sein Ziel mit einem blanken Hintergrund begnügt: Notwendiger Innenraum ist in den Küchenstücken meist kurzerhand weggelassen oder angedeutet in einer schmalen, zweiten

---

[37] Der Eindruck verstärkt sich, sobald auch das Röntgenbild auf den Kopf gestellt wird: In der Partie bis zur Mittellinie – mit Türrahmen und Spiegelrand – scheint nicht nur ein kleinerer Raum dargestellt. Unwillkürlich meint das Auge, auf dieser umgekehrten Leinwand wäre ein völlig anderes Bild angefangen.

Bildebene. Im *Wasserträger* durch den Trinker, in *Die Köchin und Junge* mit den Gerätschaften an der Rückwand.

In einem nächsten Schritt sind Umgebung und Landschaft um die Gestalten »herumgemalt« – seit der *Bacchus*-Szene wächst das Geschick beim Vorspiegeln. Im *Lanzenbild* erscheint zwar glaubhaft Tiefe, sie ist indessen beschränkt auf den Hintergrund. Vorn in den Menschentrauben bleibt der Bildaufbau flach geschichtet wie in der *Anbetung*. Erst in *La Familia* ist der Raum wirklich der Leere *abgewonnen*. Immer noch kommt die Girlande der Darsteller, immer noch übergroß ausgeführt und schemenhaft eng hintereinander aufgestellt, auf beiden Seiten aus den Kulissen hervor. Das spärliche Zubehör ist weiterhin ausgewählt und hineingetragen in den Saal wie vorher in den »raumlosen« Genrebildern.

Statt eine Palastszene »abzubilden«, scheint Velázquez ein letztes Mal die künstlerischen Ziele seiner Gruppenbilder auszubreiten. Der Rückblick liest mühelos ab, was er anstrebt seit den *bodegones*, was er in der *Anbetung* verwirklicht hat – wenn auch nach der Weise seiner Anfänge. Jedes Großbild ist offenbar mit dem einen, einzigen Thema entworfen, nach einer gleichbleibenden Richtschnur. Stets sind der Vordergrund und dessen Akteure überbetont auf Kosten der Raumtiefe. Die Darstellung, randvoll nach den Seiten, »verdünnt« sich zum Hintergrund hin; Figuren sind wie in schmalen Schichten hintereinandergesetzt, zumeist leeren sich dabei die Bildebenen. Erst im Fond wird die Szene erneut lebhafter, bringt jedoch Nebensächliches oder Atmosphäre.[38] Für *La Familia* heißt das: Flach gemalt wie Schemen, sind die Darsteller wie üblich *in einem abweichenden Maßstab erfaßt*, wie üblich *verzeichnet* und im übrigen *falsch* verbunden mit ihrer Umgebung.

Das Hauptwerk hilft entschlüsseln, wie der Maler unbeirrbar die gleichen Ziele verfolgt, im Ringen mit *einem* Thema. Wie sich Aufgaben, Einfälle und Lösungen verschlingen, wobei »Realität« vorgeschoben ist, um abzulenken vom Zugriff auf eigenes Gedankengut. Vermutlich im Wissen, daß sich die sichersten Verstecke in einer Einfachheit bieten, die auf einen Blick überzeugt. Alltag schaltet sichtlich den Augensinn aus – im Abbild, das er zu durchschauen meint, kann der Betrachter keine Verwandlung mehr wahrnehmen.

Diese Meisterschaft und ihre Mittel treten im übrigen leise auf, zurückhaltend bis zur Selbstverleugnung. So täuschen sie Generationen von Betrachtern, die beharrlich den »Ab«Maler entdecken. Offenkundig, und warum nicht gewollt, läßt sich eine Vorliebe für Übernahmen leichter ablesen. Im

---

[38] Ausnahmen sind bezeichnenderweise zwei bislang nicht gedeutete Gruppenbilder: der *bodegón* »*Interieur mit fünf Personen*« und *Die Fabel der Arachne*.

Gemisch aus Sehvermögen und Zitaten spürt der forschende Blick Realität und Fremdanklänge müheloser auf als das Eigenkapital an Scharfsinn und List. Schwieriger auszumachen als Ideenarmut ist ein Künstlertum, bei dem Naturalismus und Erfindung *stets aus eigener Nachahmung schöpfen.*

Die Wirklichkeit einer Komposition aus neun Personen und einem Hund, aus Bildern, Spiegel und abgekehrter Leinwand hat weiter verhindert, daß Deuter Velázquez je in seinem Sehverständnis oder seiner Vorstellungskraft nachspüren. Eine Fotografie könnte den Saal nicht abbilden, nicht in der »Wahrheit« des Malwerkes, wo der Vordergrund unverkleinert bleibt, der Raum jedoch gerafft ist in seiner dritten Dimension. In der Fensterfront mit den Zwischenwänden und Bilderrahmen *sieht* das Malerauge eine Verkürzung, die erst das Teleobjektiv im allgemeinen Sehverständnis einbürgern wird. Für den gesuchten Eindruck ist nicht das Ausmaß der Leere unterschlagen noch der »endlose« Raum – beides ist visuell überwunden.[39] *Sehen* hat die Wirklichkeit bezwungen. Noch heute erfaßt der Augeneindruck schwerlich alles Erreichte. Etwa, wie der Maler posiert: dreizehn Meter vom Standpunkt der Aufnahme entfernt, im übrigen so, daß ihn sechs große Schritte von der Staffelei trennen – die Tiefe eines mittleren Zimmers. Meßwerte machen die Leere greifbar, durch ihr Ausmaß verschleiert sie das ausgeklügelte Trugspiel des Künstlers.

Daß er auch die Figuren seinem Ziel unterwirft und gegen die Wirklichkeit darstellt, verrät das Selbstbildnis. Anfangs hat sich Velázquez nicht als die herausragende Gestalt in *La Familia* porträtiert. Röntgenbilder zeigen eine einschneidende Übermalung: der Haaransatz begann, wo jetzt die Augenbrauen sitzen. Zudem hatte sich der Maler weiter vorn aufgestellt, er trug ein Wams mit Ärmelwulst und fallendem weißen Kragen. Abgewandt von der Staffelei, sah er seitlich über die rechte Schulter heraus wie im sichtbaren Abbild. Die Übermalung läßt ihn zurücktreten, im Gegenzug überragt er die Anwesenden in seiner stattlicheren Pose.

[39] Einen Gegenbeweis hat John F. Moffitt vorgelegt (*Velázquez in the Alcázar Palace in 1656: The Meaning of the Mise-en-scène of ›Las Meninas‹*, in: Art History, Bd. 6, Nr. 3, September 1983, S. 271-300). Aus perspektivischer Rücksicht wird der Aufnahmestandpunkt in das vordere Nebengemach verlegt, so daß die Szene durch die Tür betrachtet wäre – und im Sitzen! Der Artikel behauptet dann, daß Velázquez den Raum von *Las Meninas* »*in absoluter Wahrheitstreue festgehalten hat*«, und der Autor weiß alle denkbaren Maße auf den Zentimeter genau anzugeben. Unberücksichtigt bleibt, daß das Vorgehen Velázquez' Arbeitsweise widerspricht und die »*absolute Wahrheitstreue*« seinen künstlerischen Zielen zuwiderläuft.

Ob Velázquez, über Mitte fünfzig hinaus, so jung aussieht wie sein Gesicht in *La Familia*, wird bisweilen bezweifelt. Die Bedenken lassen sich begründen. Andererseits liefert die Aufnahme den Beispielfall für *seine* Selbstsicht. Er kann sein Aussehen verbessert haben, es belegt indessen, wie er sich *zeigen wollte*: herausragend, aber unauffällig, mit offenen Zügen und versonnenem Blick. Unbemerkt blieb der Kunstgriff der Asymmetrie, mit dem die Verjüngung gelingt. Vereinfacht ausgedrückt: Der Gesichtshälfte, breit, schwer und schlaff, die das wirkliche Alter spiegelt, ist rechts eine schmalere, viel jüngere Partie beigegeben (s. S. 2). Der Maler strafft die Muskeln, glättet die Haut, gibt das Auge klarer wieder und fester modelliert. Abdecken von jeweils einem Auge samt Jochbein schafft unterschiedliche Köpfe: Wenn rechts die Augenpartie verschwindet, ähneln die Züge denen von König Philipp im Hausrock. Wird der gleiche Ausschnitt gegenüber abgedeckt, verliert der Sevillaner auf einen Schlag fünfzehn Jahre.

Seine Größe widerspricht vermutlich der eigenen Statur, gewiß widerspricht sie den Regeln der Perspektive. Mit Augen über dem Augenpunkt steht gerade die Malergestalt außerhalb der Bildgeometrie. Der Augenpunkt ist nicht zweifelsfrei zu bestimmen, ausgehend vom Menschenschlag der Epoche, kann er nicht *über* 1,40 Meter liegen. Das gewollte Fehlmaß zwingt Velázquez, neben sich die knicksende *menina* zu groß abzubilden und die zwei Hofleute im Halbdunkel. Solche Willkür bei Körpermaßen und Perspektive ergeben eine zweite visuelle Stolperstelle, womöglich will sie den Wink in den Heimlichkeiten des Bildaufbaus ergänzen.

Der Verstoß könnte einen Richtweg anzeigen, eine neue, unabhängige Fährte zum Verständnis. Ausgehend von Zuordnungen oder Größenverhältnissen lassen sich Einsichten gleichsam mit bloßen Händen hervorziehen. Unter der Annahme, Beobachtungen zu Maßen und Ausmaßen reichen aus, um Bildgestalt oder Gegenstand ihren Platz und Sinn zu geben im Malwerk. Wer Entwurf, Akteure oder Gegenstände unmittelbar befragt, erhält erstaunliche Auskünfte – auf die piktoral einfachste Weise. Dabei soll gelten, daß in einer Bildebene oder im Gesamtzusammenhang Wichtiges hervorgehoben ist durch Größe, Aufnahmewinkel oder Sichtbarkeit, und betont durch Anordnung oder Lichteffekte.

Umschau ruft nun die Vorgaben auf: Wieder beherrscht der Palastraum die Szene, wieder tritt die Infantin heraus. Schlüsselzeichen im Vordergrund sind die Leinwand mit ihrer Staffelei und der dösende Hund. In einer zweiten Bildebene ist um die Prinzessin herum das Gefolge von *meninas* und Kleinwüchsigen angeordnet als Girlande, hinter ihr steht die herausragende Figur des Malers unter anderen Hofangestellten. Den Fond bestimmen das Spiegelbild, der Mann hinter der Tür und die Helligkeit über der Treppe.

Was besagt der neue Pfad: Als größten Bildgegenstand überhaupt hat Velázquez die »leere« Galerie des Prinzenzimmers gewählt, wo er absichtlich »kein« Atelier zeigt. Die überragende Einzelheit im Saal *und* im Bild ist eine abgekehrte Leinwand. Sie möchte offenbar *kein Gemälde* vorstellen, gemeint ist *das Bild*, das Malwerk schlechthin. Zu diesem Vorsatz paßt, wie sich der Autor darstellt: Erscheinen soll, statt »Velázquez beim Malen«, »der Hofmann Diego de Silva Velázquez, der als Maler posiert«. Die Größe seiner Gestalt bietet sich an als ein weiterer Hinweis. Obwohl zurückgetreten, untätig und abwesend im Augenausdruck, bleibt sie das zweitgrößte »Objekt *im* Bildraum«. Abmessungen und Rangfolge sprechen gegen einen Zufall – der Maler, sinnend hinter der Leinwand an sich, wird zum Selbstbildnis des Schöpfers. Und die Summe solcher *optischen Schwerpunkte* weist auf *das* Seitenthema seiner Komposition: Das Velázquezsche Schaffen.

Selbstdarstellung ist gewiß gemeint, Selbstverherrlichung kann nur ein erster, ein oberflächlicher Blick unterstellen. Gleiches gilt für die überbetonte Malerrolle. Man sehe, mit welcher Klarheit, Unabhängigkeit und Unterordnung unter das Ganze jede Figur angelegt ist. Das eigene Bildnis macht keine Ausnahme. Zwar ragt die Gestalt hinaus über Erwachsene, Jugendliche und Zwerge, doch zugemessen hat ihr Velázquez – anders als Picasso seinem eckigem Riesen – nicht einmal die halbe Leinwandgröße. In Wahrheit müht sich die Darstellung, den Eindruck eines *spürbaren* Übergewichts abzubauen. Mit Erfolg wohl gemerkt: Generationen haben das Selbstbildnis und seine tragende Rolle ausgedeutet, niemand sah wirklich die *Figur* – in der (zu) großen Gestalt überdies die Künstlichkeit ihrer asymmetrischen Gesichtszüge.

Um abzulenken von dieser Eigenwerbung, steht im Mittelpunkt das Tripelporträt der Königsfamilie. Das Kernstück der Szene ist herausgelöst und nach der Weise der *Übergabe von Breda* seitlich eingefaßt durch »Flügelbilder«. In *La Familia* gliedert Velázquez sein Labyrinth, vereinfacht ausgedrückt, in drei klare, vertikale Bildabschnitte: der Maler und sein Werkzeug, das »ungemalte« Familienporträt, der Hofstaat der Infantin.

An diesen Punkt gelangt, läßt sich Mehrdeutigkeit auch bei den Figuranten neben Margarita María unterstellen, wenn nicht voraussetzen. Versteckten Doppelsinn in den anderen Bildteilen müßte der Entwurf auf der Fensterseite folgerichtig weiterführen. In der Tat hat Velázquez sein Schlußbild abgerundet, damit es die Totalität seines Schaffens einfängt: in den Posen von Hofvolk und Zwergen ist die eigentliche Sammlung der Selbstzitate eingefügt. Unbemerkt bis heute, stammt das überzeugende aus *Josephs Rock* – das Figurenduo im Halbdunkel mitsamt dem Hund am unteren Bildrand.

Ausschnitte aus *La Familia* und *Josephs Rock*: Die Figurenduos im Halbdunkel und der Hund

Sonstige Anleihen bei sich, soweit sie nicht aufgedeckt sind, fassen diese Absätze zusammen: *Die Anbetung* bringt mit einem verwandten Grundschema das erste Beispiel für das Motiv der Übergabe: Gebend kniet eine Gestalt links im Vordergrund, begleitet von ähnlicher Modellanordnung, mit dem Einschnitt in V-Form in der Mitte. Die Gruppierungen treten freilich seitenverkehrt auf, und den Lichtschein im Hintergrund hat der Autor der Umkehrung angepaßt.

▲ *Interieur mit fünf Personen*
◀ *Die Anbetung der Weisen*

Der Mehrdeutigkeit in Räumlichkeiten und Darstellern entspricht das *Interieur mit fünf Personen*. Es wird »*Christus im Hause Marias und Marthas*« genannt, könnte die Doppelszene nicht »*La Familia*« heißen! Vor allem die Hauptfigur ist den Alltagsvorgängen in ähnlicher Weise eingegliedert und entrückt.

Aus dem *Wasserträger,* mit seiner erfundenen Wirklichkeit von Kelch und Krügen, stammt die Idee »gleichberechtigter Porträts« von Menschen *und* Dingen, jener Kunstgriff, der dem Maler hilft, nach Belieben Nebensachen in Hauptpunkte zu verwandeln.

▲ *Die Übergabe der Festung Breda*
▼ *Der Wasserträger von Sevilla*
◀ *Das Bacchus-Fest*

Kronprinz Baltasar Carlos in einer Reitstunde

Die Momentaufnahme von Modellen, die nach vorn schauen wie in eine Kamera, hatte er im *Bacchus* erprobt. An *Die Übergabe von Breda* hält sich der formale Aufbau mit der ungleichen, senkrechten Dreiteilung. Zuletzt kann eine verlorene Originalfassung vom Reitstundenbild des Kronprinzen Baltasar Carlos die Komposition vorwegnehmen. Alles ist dort vorgedacht – die königlichen Eltern, ihr ältester Sproß, samt dem Gefolge aus Geistlichen, Höflingen, Spaßmachern und Zwergen. Der Aufbau ähnelt *La Familia* noch darin, daß er ganz auf den Betrachter angelegt ist.

Madre Jerónima de la Fuente (Replik, *Museo Nacional del Prado*)

Der Kartenspieler

Selbstzitate in Nebensachen helfen, das Spiel mit eigenen Anleihen weiter zu belegen. In der Abkehr von Staffelei und Leinwand scheinen die Listen um das abgewandte Kruzifix im Nonnenporträt der *Madre Jerónima* aufbereitet. Ausgefallener wäre ein möglicher Anklang in der anfänglichen Malerpose. Nach den Röntgenbildern[40] kann der Autor wieder eins seiner »*Vor*«bilder benutzt haben: Der Oberkörper wirkt ausgerichtet nach der Pose im *Kartenspieler*, genannt Francisco Lezcano. Stehend zwar nimmt das Selbstbildnis die Linkswendung auf und den zurückgelegten Kopf.[41] Die mögliche Anleihe beim Jungen unter der Felswand befremdet – immerhin würde sie aus einem der *eigenhändigen* Spaßmacherporträts zitieren. Denn mittelbar läßt sich *La Familia* zweifellos als Scheidewasser verwenden. Daß wichtige Streitfälle oder Zuschreibungen *nicht* vorkommen, scheint kein Zufall, da alles Wesentliche eigenen Bildern entstammt. Dieser Fundus bestätigt den Grundgedanken; er macht aus der Großleinwand den Schlußpunkt im Schaffen und »den Velázquez« schlechthin.

Die letzten Absätze haben dem Meisterwerk zu einer unvermuteten Ahnenreihe verholfen – aus einem Gemälde, das die Fachwelt allgemein einstuft als »ganz ohne Beispiel«, wird ein Thesaurus Velázquezschen Künstlertums. Abzusehen sind die Auswüchse: Werden »*Las Meninas*« und *Las Hilanderas* von nun an das Gesamtwerk zitieren? Genügt gar die Palastszene allein? Deuter könnten künftig Spätwerk und Schaffen, mitsamt dem Umfeld herleiten aus Selbstzitaten. Bislang stand fest, in der Hinterlassenschaft ließen sich wenig oder keine inneren Bezüge nachweisen[42], und in *La Familia* keinerlei Einfluß. Jetzt könnte beflissene Suche mit dem Hauptstück nach Wunsch Eigenhändigkeit ableiten oder Zuschreibungen »beglaubigen«.

Im Einzelfall müßte Mal*kunst* eine Abkunft oder die Mitarbeit des Sevillaners erhärten. Wie vorsätzlich erschwert in *La Familia* seine Zurückhaltung den Zugang zu diesem Zweig des Könnens. Einmal angelangt jenseits der Schranke, stößt die Suche erneut auf ein Musterbuch. Geschärfte Beobachtung, Weiterden-

---

[40] Garrido Pérez, a. a. O., S. 498 u. S. 585 (Fig. 8)
[41] Die Brauchbarkeit der *Kartenspieler*-Pose in »*Las Meninas*« hatte bereits 1964 der mexikanische Künstler Alberto Gironella (*1929) genutzt. Gironella, dessen Arbeiten das Gemälde über Jahre durch Zerlegen, Zuspitzen oder Parodieren abwechselnd umschaffen oder aufheben, wiederholt auch die Dreiteilung in *La Familia*, wobei an die Stelle des Malers der tändelnde Junge tritt. Gironella trifft im Modell und seiner Pose, ohne es zu wissen, die Urfassung des Selbstporträts. Abbildungen bei Kesser, a. a. O., Abb. 33-35
[42] Castor, a. a. O., S. 280

ken an immergleichen Aufgaben haben auch diese Kunstfertigkeit verfeinert. Sie spielt mit dem Auge, da der Mitfünfziger sein Medium nach Wunsch beherrscht – Ölmalerei erlaubt ihm jeden denkbaren optischen Eindruck. Meist beschränkt sich die Pinselschrift auf Andeutungen oder den geringsten Aufwand. So findet die Suche in Kleidern und Modezubehör nur zweimal »klare« Umrisse: Beim Schmetterling im Haar der *menina* auf den Knien, und gegenüber an Maribárbolas linkem Handgelenk, in ihrer durchsichtigen, weißen Manschette.

Überall sonst lassen immer feinere Abschattungen an Aquarelltechnik denken. Das Können, obgleich es in *Die Fabel der Arachne* vorgibt, für sich allein das Bild auszumachen, prägt sich im Gegenstück noch stärker aus. Auf *La Familia* trifft zu, was etwa fünfzig Jahre nach Palomino der Maler Anton Raphael Mengs über *Die Spinnerinnen* schreibt, »es ist in der Art gemacht, daß es scheint, die Hand hätte keinen Anteil gehabt an der Ausführung, vielmehr habe es allein der Wille gemalt.«[43] Die Palastszene möchte freilich die Überlegenheit erneut herunterspielen: Velázquez hat eine verschwiegenere Palette gewählt, den Raum dunkel gehalten, einfallendes Sonnenlicht gedämpft. Auf das Wesentliche hin vervollkommnet, will seine Malerei den Netzhauteindruck rein übertragen, dem Sichtbaren unmittelbar antworten.

Als Ergebnis scheint die *La Familia*-Inszenierung dem flüchtigen Betrachter lebendiges Bühnengeschehen, dem kundigen Historiker Palastalltag, dem eingeweihten Blick malerische Vollendung. Und wenn er verweilt, erlebt gerade der Laie die Harmonie des Ganzen: Ein Nonett mit fein abgestuften Klängen und behutsamer Stimmführung, eingetaucht in eine unhörbare Hofmusik. Vor dem, der stehengeblieben ist, halten wirkliche Gestalten inne – gerade noch schien jede zu schweben.

Neugierig schweifende Blicke überrascht das Bild mit einer Vielfalt widerstreitender Botschaften: Hingetupfte Andeutungen schaffen unaufhörlich an Gestalten und Dingen; erkannte Details zerfallen beim Herantreten jedesmal zu Strichen und Klecksen. Magaritas Blondhaar überzeugt aus der Entfernung, von nahem betrachtet, zerfließt es schleierartig zu unentwirrbarem Gespinst. Farbflecken entkörperlichen sich zu »sinnlosen« Tupfern, um sich, nach einem halben Schritt zurück, wieder zu verfestigen, sich gegenseitig zu halten und neu zusammenzufinden – nicht selten zu einer anderen Wahrnehmung. Die philosophische Lehre aus dem einzigartigen Malwerk: Meist steht der Betrachter nicht in der Distanz, die nötig wäre für Feststellungen im Sinne objektiver Erkenntnis.

[43] Mengs, Antonio Raffaello: *Opere*, 2 Bde., Bassano 1783, Bd. II. S. 64

Wechsel im Abstand verwandelt auch die Rolle der Einzelfigur. Dem Beschauer, der nach der linken Seite zurücktritt, kann – statt der Prinzessin – Velázquez hinter der Staffelei zum Mittelpunkt werden. Umgekehrt schrumpft für Blicke, sobald sie über das Santiago-Kreuz hinwegsehen, die Malergestalt mit zunehmender Entfernung zu einem Figuranten. Gegenüber, bei der häßlichen deutschen Zwergin, wirkt das eckige Antlitz unschön, doch gutmütig. Erst wer ihr eine Weile in die Augen sieht, empfindet die Gestalt beängstigend – die Züge verfestigen sich zu jener Agressivität, die sich eingegraben hat um Mund und Nasenpartie.

Zubehör oder Kleinigkeiten verwirren vollends mit ihren visuellen Wechselspiel. Unter ihnen hat Margaritas Brosche am stärksten verblüfft. Das Auge meint, Impasto-Effekte und dreidimensionalen Auftrag zu sehen, wo leichte Pinselzüge walten, wo hauchdünne Farbschichten den *Eindruck* von Schwere und Festigkeit erzeugen. Die Infantin trägt zu einem cremefarbenen Kleid schwarze Spitzen, blaßrote Schleifen, und auf der Brust, über einer Rosette, die dunkle Brosche. Kunstvoll sind in dem »notorischen« Schmuckstück »Masse« und »Impasto« auf das Sichtbarste *vorgetäuscht*. Ein Bildausschnitt dringt ohne Mühe vor zu dieser Malkunst: kreisförmig hat der Farbauftrag die Mitte ausgespart, samt

Die Brosche am Kleid der
Infantin Margarita María
(Ausschnitt aus *La Familia*)

dem Hellgrau des Kleiderstoffs. Hier tuscht der Maler feine Lagen von Rot und Dunkelgrau auf, wobei er die dunkle Farbe in kurzen Pinselstrichen so dünn verwendet, daß überall Gewebe, Malgrund oder Untermalung durchscheinen. Zum Schluß sind ringsum nichts als transparente Tupfer in Schwarz gemalt und zwei Handvoll weißer Flecken hingesetzt, dick und »wahllos«.

Im Schrifttum beschränkt sich Lob auf die Vollkommenheit in derlei Wiedergaben. Es feiert die greifbare Atmosphäre, das natürliche Auftreten der Personen, jede in ihren Dunstkreis gestellt. Wer vor die Leinwand tritt und alle Lesefrüchte vergessen kann, erlebt vielleicht eine andere Quelle für seinen Eindruck von Realität. Die »Wahrheit« der Darstellung, einstimmig gepriesen, entspringt am ehesten den Kleiderstoffen: Seide, Samt, Leinen oder Brokat, Velázquez überzeugt das Auge in der Verschiedenartigkeit der Gewebe, im Material, in Fall oder Falten.

Unerwähnt bleibt die unauffällige, vermutlich größere Malleistung: Wieviel Können haben die Flächen erfordert – Decke und Fußboden, Fensternischen, Bilder und Rahmen, die Rückseite der Leinwand. Den Beschauer umgarnt eine nie beachtete Kunstfertigkeit: noch im Unscheinbarsten sind »Maß und Wahrheit« getroffen. Als dreiteiliges Ungetüm im Vordergrund war die abgewandte Leinwand eine weitaus schwierigere Aufgabe als Brokat, Blondhaar oder Brosche der Infanta. Zwischen den klaren, unaufdringlich genauen Linien von Staffelei und Spannrahmen mußte das Gewebe in seiner Einförmigkeit bestehen *und* »unsichtbar« bleiben. Mit *Eindrücken* von Starre in den Umrissen, von Ungeschick oder Leblosigkeit in den großen Tuchflächen wäre das Werk insgesamt abgefallen oder vernichtet in seiner Wirkung. Daß optisch wie selbstverständlich Banalität vorherrscht bei den Rückseiten, läßt beide Ungetüme *verschwinden* – in *visuell überzeugender* Belanglosigkeit. Mit dem leeren Raum oder dem Unisono der Decke meistert das Werk ähnliche Klippen: Eine mindere Ausführung hätte ihr »*Da*«sein hervorgehoben und die Bildakzente verfälscht. Beweisstücke sind Goyas stumpfe Radierung von 1778 oder die schwache *La Familia*-Kopie in Kingston Lacy (Dorset), die dennoch lange als Vorstudie galt. Die Mißgriffe in dieserart Versuchen werfen Licht auf die Hürden und ihre unvergleichliche Bewältigung durch Velázquez.

Obwohl verkannt in Ziel und Mitteln der Darstellung, galt *La Familia* wegen der Malkunst seit langem als das größte Werk im Schaffen. Im letzten Bilderpaar als die bedeutendere Schöpfung. Da man den verborgenen Sinn spürte, aber nicht fand, wurde nach und nach jede Bildeinzelheit zum Symbol. Unvermeidlich hat die Ratlosigkeit der Autoren das Ansehen noch gesteigert: Unter dem Spitznamen »*Las Meninas*« erreicht der Weltruf einen neuen Gipfel.

Zum Zeitpunkt, wo aus dem Wirrwar unvereinbarer Befunde zwangsläufig das Eingeständnis der Unlösbarkeit erwachsen mußte.

Diese Seiten behaupten nicht, den Irrgarten bis in alle Winkel auszuforschen, aufgedeckt sind jedoch neue Umrisse und Dimensionen. Mit dem Inhalt ist das »Trojanische Pferd« enttarnt, samt den heimlichen Anspielungen Velázquezscher List. Aufgedeckt sind die Mittel und die gewollte Beschränkung auf ein Thema. Totalität faßt in einer Rückblende Werk und künstlerische Hauptpunkte zusammen – deshalb muß Velázquez anwesend sein, deshalb hatte er zu überragen, deshalb mußte die abgekehrte Leinwand leer bleiben.

Lange hat man für das Großbild, statt einer Auslegung, mehrere Lesarten anerkannt: Es zeigte meist eine Bühne, auf der ein Querschnitt aus dem Hofalltag angetreten war. Andere Betrachter lasen im Bild ein Stück Palastwirklichkeit oder ein Kammerspiel zum Thema Mensch und Menschenwürde. Maler haben in dem Werk gern das Kunstgebilde betont, neuere Verfasser im Abbild des Malers Selbstverherrlichung ausgemacht oder sein Ringen um Aufstieg und Ansehen. Kurz: Im Blickpunkt standen der Autor und seine Momentaufnahme, der Schöpfer als Fürsprecher der Menschlichkeit oder der Hofkünstler mit seinen Standesanliegen. Ob jede Auslegung weiterbesteht vor Aufbau und Anleihen im *La Familia*-»Tryptichon« bleibt an diesem Punkt offen, gewiß wird jede vom Grundeinfall zum Nebenthema.

Fragwürdig, wenn nicht widerlegt im Licht der Funde, erscheint eine verbreitete, vierte Interpretation. Als jüngste stammt sie aus dem letzten Drittel des 20. Jahrhunderts: Michel Foucault hat sie in *Les Suivantes*[44] in Kleinstschritten ausgebreitet und zugespitzt zu einem komplizierten Versuch über die Wechselwirkung zwischen Betrachter, Maler und Bild. Auch seine Sichtweisen beruhen auf subjektiver Lektüre der Leinwand. Sei es beim »virtuellen Dreieck aus Autor, Modell und Bildnis mit dem Augenpaar des Künstlers als Spitze«. Sei es in der Metapher von »Betrachtern, die betrachten, wie sie der Maler betrachtet«, oder beim Spiegelbild und seiner Rolle, die der Text recht umständlich auseinandersetzt. Kein Punkt ist letztlich schlüssig. Der Spiegel wirft kein Abbild zurück, ob wirklich oder gemalt – er *verkündet* das Königspaar. Daß Velázquez nicht malt und niemanden ansieht, zeigen der Abstand von der Leinwand und der Blick in sein Gesicht. Foucault hat den Wink in der Frontalität übersehen, ebenso die Voraussetzungen des Entstehens. Als er den Beschauer zum Mit*schöpfer* erhebt, verfehlt er im Grunde Autor *und* Bild: Das Labyrinth wird *Gegenstand* der Darstellung, die Rätsel werden Thema, nicht mehr Aufgabe oder Hilfsmittel der Deutung.

---

[44] Foucault, Michel: *Les mots et les choses*, Paris 1966, S. 19–31

Gerafft im Inhalt, dem Gesamtwerk zugeordnet, das es zusammenfaßt und in einem einzigartigen Höhepunkt abschließt, stehen in *La Familia* der Maler und sein Schaffen da in ihrer Riesengestalt. Vom Augenschein her Inbegriff unbeteiligter Objektivität, steigern Gedankenreichtum, Vielschichtigkeit oder das Geflecht aus Zitaten, List und Untertreibung, die Palastszene unverhofft zu einem Sinnbild menschlicher Denkkraft und Erfindung. Welche Ironie steckt in Justis Urteil über den Anstoß zum Werk: Als er im »Augenblicksbild« von einem Einfall des Königs ausgeht, spricht ein Kenner dem Maler just für *La Familia* »jede« Erfindungsgabe ab! Erkannt hat Justi indes eins der möglichen Velázquez-Themen darin: Sei es der Zufall eines bestimmten Augenblicks oder das Zufällige jeden Augenblicks.

Wegen der untertreibenden Darstellung blieben die innere Gesetzlichkeit des Kunstwerkes unentdeckt wie die Subjektivität des Schöpfers. Stets erlauben Realismus, einzigartiges Sehverständnis und die Hebelkraft des *stupore*, zwanglos zu wählen unter Themen oder Darstellungsformen, *obwohl auf ihnen der Bann herrschender Übereinkunft liegt*. Verblüffung und »Momentaufnahmen« sind Teil einer Verfremdungskunst, die ihren Vorsatz verheimlicht, um der Außenseiterstimme Daseinsrecht zu erzwingen und Anerkennung.

Daß die Rezeption strauchelt, liegt an seiner Gratwanderung zwischen Realität und Malerei: Beim Anschauen von *La Familia* vermag das Sehverständnis dem Künstler nicht in die gezeigte Vorstellungswelt zu folgen. In seiner Hilflosigkeit vor dem Meisterstück gleicht der Beschauer dem Konzertbesucher: Nicht dessen Sensibilität versagt beim Anhören des *Andante* in Mozarts Klavierkonzert in C-Dur (KV 467), es versagt der Wortschatz. Von der Musik heißt es, sie sei »göttlich«, vor dem Bild im *Prado* hilft sich der Besucher mit Ausdrücken wie »Wahrheit«, »Realität«, »Theaterfotografie«, »Impressionismus«.

Betrachter aller Art besitzen gewiß die Sinnesorgane, um zu erfühlen, was Velázquez schafft. Es fehlen aber Worte oder Vergleichsmöglichkeiten, die den *richtigen* Eindruck angemessen ausdrückten. Die Kunstforschung und ihr Vokabular reichen nicht aus, sobald es gilt seine Verfahren zu erschließen. Viel weniger ihr Ergebnis. So werden, nach dem äußeren Eindruck, Elemente der Fototechnik und Lichtbildkunst herausgelöst, man findet Anklänge an Kunstströmungen bis zu Fin du Siècle oder Expressionismus. Helfen sollen Ähnlichkeiten der Mittel, wie sie Goya, Corot, Manet, Liebermann oder Picasso aufgegriffen haben. Das eigentliche Element des *estilo velázqueño* ist mit derlei Verweisen keineswegs umrissen. Seine Malerei ist die Summe der Anklänge *und* subjektiver Ausdruck von Sehverständnis und Können. Versuche, sie zu bestimmen, sprengt diese Kunst schon insofern, als sie jeder Analogie *vorangeht*. Welche der Leser auch auswählt, der Velázquez-Stil umfaßt mehr: Metaphern können den Kern freilegen, aber nicht ausmachen noch benennen. Genau genommen *beginnt* sein Schöpfertum jenseits vergleichender Beschreibung. Begriffsbestimmungen müßten im einmaligen Sehvermögen die Spannweite einschließen: *Velazquismo* wäre die Summe des Velázquezschen Genies. Nie wiederholt, läßt sich der *Velázquismus* nur in sich fassen.

Juan Bautista Simo (1697–1726):
Porträt von Acisclo Antonio Palomino de Castro y Velasco

Seiner Einzigartigkeit im Hauptwerk kommt vielleicht ein seltsames Urteil am nächsten. Palomino hält den Ausspruch Luca Giordanos (1634–1705) zu *La Familia* fest, als er im Velázquez-Artikel den Abschnitt § VII schließt. Dem Text verdankt die Kunstgeschichte die erste Beschreibung und Interpretation des Werkes, samt der Namensliste der Dargestellten. Luca Giordano arbeitet ab 1692 am Madrider Hof; als ihn Karl II. eines Tages vor das Gemälde führt und sein Erstaunen bemerkt, soll er den gewitzten Neapolitaner gefragt haben: »Was haltet Ihr davon?« Und nach Palomino sagte jener: »Herr, dies ist die Theologie der Malerei.«

Mit dem Ausspruch war prompt ein Rätsel mehr um das Bild geboren. Seine Lesart gibt der Chronist unmittelbar im Nachsatz: »... womit er zu verstehen geben wollte, daß, wie die Theologie die oberste der Wissenschaften, jenes Bild das vorzüglichste der Malerei war.« (*VV* II/S. 98/99) Die Erklärung klingt enttäuschend, wenn nicht banal. Ihr folgten ungezählte Versuche mit dem Satz; selbst eingestandene Sprachlosigkeit hat man gefunden im Übermaß des Lobspruchs. Ich möchte den wendigen Italiener gern beim Wort nehmen: Eine »Theologie der Malerei« lehrte gegen 1700 vermutlich Grundsätzliches über Realität und ihre Wiedergabe. Der Ausspruch, aus der religiösen Bindung gelöst, wird daher umgeschrieben nach dem Eintrag »Theologie« des Wörterbuchs: »Señor, dies ist die malerische Lehre von einer als wahr vorausgesetzten Wirklichkeit, ihrer Offenbarung und Überlieferung.«

Gewiß kommt diese Malerei der Umwelt in ihrer eigentlichen, nicht darstellbaren Wirklichkeit am nächsten. Damals wie heute. Velázquezsche »Wahrheit« ist nicht Lüge, sie ist Schein, aber um diesen Makel mutet der Schein an wie eine Wahrheit. Der vorgebliche Realismus und eine unerreichbare Malkunst genügten, damit Spanien das Bild zur größten Schöpfung seiner Malerei ausgerufen hat. Damit die Kunstgeschichte *Die Familie Philipps IV.*, neben eine Handvoll Bilder, über die Werke aller Zeiten setzte. Immer hat das Zusammenwirken von Wahrheit in der Wiedergabe mit halber Einsicht in das Vorhaben des Schöpfers ausgereicht. Doch dem Werk entwächst in der Einzigartigkeit noch unter seinesgleichen unvermutet ein Gipfel europäischer Geistesgeschichte.

Im Netzwerk der Aufgaben, Verweise und Zitate hat Velázquez ein nie wiederholtes Gedankengeflecht verwirklicht. Ein Kunstgefüge, das in Dichte und Vielschichtigkeit den größten Schöpfungen gleicht. Sei es durch die Schlichtheit des *einen* Grundthemas oder im Gegensatz des Bildgeschehens zum verwickelten Sinngefüge. Sei es durch die Sinnvielfalt in der Einzelheit, den sicheren Zugriff und die Untertreibungen. Das Gelingen muß die Komposition künftig herausheben aus der Malerei, den Autor stellt es an die

Seite Dantes, Shakespeares, Balzacs, Bachs oder Goethes: *La Familia* beansprucht einen Platz neben ihren größten Leistungen.

Am stärksten verblüffen die Entsprechungen zur Kontrapunktik, wie sie das Werk Johann Sebastian Bachs überragend ausprägen wird. Ungeachtet der linearen Grundform der Musik unterstreicht den Gleichklang mit barocker Fugenkunst das verzwickte Spiel mit gegebenen Formen, mit versteckten Botschaften und einer Fülle von Selbstzitaten in herausragenden Werken. Aus dem Gesamtschaffen etwa die *Hohe Messe* oder *Die Kunst der Fuge*.

Bach entwickelt in *Die Kunst der Fuge* verschlungen die Urgestalt seines Themas, das er in achtzehn Kompositionen beleuchtet: von der einfachen Fuge, über die zwei- und dreistimmige, bis zur Quadruppelfuge mit bis zu drei neuen Themen. Wenn er die Stimmen überlagert oder kunstvoll verwebt, benutzt der Komponist Spiegelung, Umkehrung und Gegenbewegung; am Schluß hat er sich eingebracht, in der Notenfolge B-A-C-H im dritten Thema der letzten, unvollendeten Fuge.

Ausgehend vom Entstehen würde ein anderer Zyklus aus Bachs Schaffen dem Werk noch genauer entsprechen: In Anlehnung an ein Spätwerk, das der Komponist für Friedrich den Großen ausführt, ließe sich das Gemälde »*Malerisches Opfer*« nennen. Ohne Kenntnis der Genese von *La Familia* genügte Philipps Zustimmung zum »heimlichen Porträt seiner zweiten Familie« für eine Spielart des *Thema regium*. Ein knappes Jahrhundert später ist das »*Königliche Thema*« eine Vorgabe, die Friedrich II. Bach in Potsdam vorlegt: Der Ankömmling, noch in Reisekleidern, hat das Thema aus dem Stegreif als Fuge durchgeführt und vorgespielt. Zu Hause wird der »alte Bach« die neun Takte noch 1747 ausarbeiten, variiert auf dreizehn verschiedene Arten – als Fuge, als Kanon in diversen Formen, als Trio und viersätzige Sonate. Der Zyklus entsteht innerhalb von zwei Monaten; mit dem Titel *Musikalisches Opfer* widmet Bach das Werk dem preußischen König und läßt es auf seine Kosten in Kupfer stechen.

Ein Zweittitel wie »Die Kunst des Fügens« würde die geistige Leistung betonen, das Gebilde der Komposition beleuchten und *La Familia* vom Aufbau her erfassen. In der Tat gleicht die Szene, scheinbar entleert und locker im Aufbau, in ihrer Durchführung einer mehrstimmigen Komposition. Der Entwurf nutzt gleichsam musikalische Kunstfertigkeiten: Begriffe wie polyphone Darstellung, Bildkontrapunktik, oder eben »Die Kunst des Fügens«, könnten die Zielsetzung in *La Familia* anschaulich umreißen.

VI Versuch über den Maler

Es liegt nahe, Velázquez als Künstler dort fassen zu wollen, wo er selber sein Lebenswerk zusammenballt. Der Mensch bleibt nach wie vor unergründlich, anders das Selbstverständnis des Schöpfers. Obgleich er die Anforderungen an sich in strenger Verschwiegenheit pflegt, erlaubt das Schaffen, in Umrissen abzuleiten, was er künstlerisch anstrebte. Wer vom Schlußbild über die Hochblüte auf das Frühwerk schaut, erkennt zuerst die zeitige Reife. Im Kunstwollen herrschen der Drang zu Läuterung und einer Wahrheit, die ausschließlich auf das Malwerk abzielen. Der Zwanzigjährige weiß um seinen Vorsatz zur Selbstbeschränkung in Thematik und Ausmaß des Schaffens. Zu *seinen* Kunstmitteln entschlossen, wird er die ausgewählten Elemente über Jahrzehnte abwandeln und wiederholen.

Der Sevillaner wirkt folglich selbstsicher, anspruchsvoll, unnachgiebig im Hinblick auf Ziele und Mittel. Zu den letzten gehört ein ausgeprägter Einzelzug, den erst dieser Versuch ans Licht bringt: Velázquez, der in kleinen Szenen oder in seiner Bildnismalerei scheinbar »wahllos« Mitarbeit anordnet, hat offenbar keine fremde Hand an Großleinwänden zugelassen – oder sobald er mehr als vier Figuren auftreten läßt.

Auch das Naturell bleibt unverändert. Mit siebenundfünfzig schafft der Hofmarschall Philipps IV. sein herausragendes Bilderpaar im Schatten des zeichnenden Lateinschülers: »Ohne sich irgendeine Schwierigkeit zu schenken«, wie es Pacheco als Lehrmeister bezeugt hat.

Eine Gesamtschau sieht weiter, daß er im Realismus von Anbeginn einen persönlichen Stil trifft. Er verdankt ihn seinem Sehverständnis – einer einzigartigen Fähigkeit zu ergreifen, aufzuheben und darzustellen, was ihm die Augen in einer für die Zeit unvorstellbaren Weise übermitteln. Fotoapparate und Maler seit dem 19. Jahrhundert können die Welt ähnlich schildern. Doch Velázquez' Sehvermögen, Malkunst und Geistesschärfe bleiben ihnen voraus – bis heute.

Von den zwei Gründen für seine Überlegenheit kann der wichtigere die Einsicht in die Anforderungen einer »realistischen« Darstellung sein. »Was wahr wirken soll, darf niemals wahr sein«, auf diese Maxime, Leitsatz seiner Theaterarbeit, verfällt der Pariser Schauspieler François Joseph Talma anderthalb Jahrhunderte nach dem Maler. Vielleicht hatte Velázquez am Ende der Lehrjahre Zeitgenossen und Nachwelt die gleiche Einsicht voraus: Soweit sie unbezweifelbar sind, scheinen die *bodegones* das Versuchsfeld ähnlicher Absichten, und die »Trugbilder der Wirklichkeit« bezeugen das Reifen in den folgenden Jahrzehnten.

Der andere Grund könnte die Rolle älterer Malwerke im vorgeblich wahren Abbild sein. Jede Wiedergabe *bezieht bei Velázquez irgendeine frühere Darstellung ein*. Er befolgt damit letztlich Pachecos Lehren. Seine *Kunst der Malerei* rät, aus unterschiedlichen Werken und mit Hilfe anderer Meister »ein gutes Ganzes« zu fertigen. Dieses Vorgehen ist zu verbessern durch die Kraft eigener Erfindung. (III. Buch, Kap. I) In der Tat enthält das Kunstwerk bei Velázquez, neben heimlicher Subjektivität, immer Elemente aus vorhandenen Bildern. Meist aus eigenen. Fremde Anleihen, zuweilen auffällig herausgestellt, sollen sichtlich das Kunstmittel verdecken. Solches Verschmelzen von Realität und Kunst könnte den geborenen Maler offenbaren – für den die *Wirklichkeit* auch aus (der eigenen) Kunst besteht.

Die Palastszene wiederholt in senkrechter Dreiteilung merkwürdig ausgeprägte Größenunterschiede – in gleicher oder ähnlicher Stufenfolge. Am Bildrand führt ein erster großer Schritt hinunter von der Oberkante der gezeigten Leinwand zum Maler; ein zweiter bestimmt das Intervall zwischen dem Spiegelbild und der Infantin. Anders gesagt: Links von der Leinwand, gleichsam in ihrem Schatten, steht der Maler, links vom Spiegel und unter dem Widerschein der Eltern posiert Margarita. In kleinerem Abstand nehmen die Tür und die knicksende *menina* Isabel Velasco das Motiv auf, und am rechten Bildrand trennt es Maribárbola von dem Zwerg Nicolás de Pertusato. Sichtlich sind Stufen nicht beschränkt auf die Treppe im Hintergrund – steckt ein Nebensinn in der Abfolge? Der Größenunterschied zwischen der Infantin und ihren Eltern scheint abgemessen und beabsichtigt. Daß ihn die Komposition in der Darstellung von Maler und Leinwand noch verstärkt, erlaubt die Frage nach einem Selbstbildnis vom Künstler *und seiner Kunst*.

Antworten wird drei Jahrhunderte später an Velázquez' Stelle sein Landsmann Pablo Picasso: in ausgedehnten *Meninas*-Paraphrasen, mit einer persönlichen Lesart. Die Größe der »Leinwand im Bild« hat der Jüngere in den sechs Variationen auf die Gesamtansicht von *La Familia* noch übersteigert. In der ersten, dem Auftakt zur *Meninas*-Serie, ist ihr seine Sicht der Malergestalt an die Seite gestellt. Aufgeschossen zur Größe eines Monuments, steht

Velázquez von gleich zu gleich *neben* Werk und Staffelei. Im Gegensatz zur Vorlage sind auch Palette, Pinsel und Malstock der Riesenleinwand angepaßt. Die übrigen Darsteller schrumpfen neben dem Giganten und seinem Handwerkszeug zu Statisten – trotz ihrer richtig übertragenen Größe.

Picassos »Kopieren« verkörpert anschaulich die eigenen Rangvorstellungen: Künstler und Werk überragen für ihn Alltag, Palastraum, Machthaber und Mitmenschen. Die Malerfigur scheint den Rahmen zu sprengen, ihre Riesengestalt ist fraglos Manifest.

Der Kunstgeschichte haben die Picasso-Variationen sichtlich einen Charakterzug des Sevillaners aufgedeckt: Die These vom Dünkel im Selbstporträt könnte den Übertreibungen des Sechsundsiebzigjährigen aus Málaga entspringen. Gewollt oder nicht, das Verfremden *seiner* Velázquez-Figur hat die gemäßigte Darstellung im Vorbild ausgelöscht. Seit Picasso entdecken Autoren in *La Familia* vorrangig Selbstinszenierung oder ein Eintreten für die eigene Kunst.

Die Frage nach dem Auftreten von Philipps Maler, die Antwort von einem Plädoyer für sich und die Malerei, beide sind so alt wie das Gemälde. Künstler haben in der Szene zu allen Zeiten notwendig ein Sinnbild verwirklichter Standesanliegen gefunden. Aber paßt das Ziel *zum Urheber*? Velázquez, der zeitlebens einen Teil *seiner* Gemälde nicht ausführt oder beendet, hinterläßt keinen stichhaltigen Hinweis, daß er am Schluß eintritt für seine Malerrolle oder den Stand. Sein Bilderrätsel hat er so aufgebaut, daß Einzelheiten ausdrücklich ein Atelier oder eine Porträtsitzung *widerlegen*.

War Velázquez überhaupt standesbewußt? Niemand weiß, zu welcher Rolle sich *sein* Wertgefühl hingezogen fühlte. Ist er im Amt des Palastverwalters aufgetreten? Sah er sich mit Vorliebe als Künstler oder Kunstbeauftragten, mit den Sonderrechten des Kammermalers? Strebte er im Hofmann letztlich nach dem Augenzeugen, dem Günstling, dem Adligen, dem Ordensritter? Haben die Striche an der Skala seiner Wertbegriffe und Ziele gewechselt? Antworten fehlen.

Die späte Palastszene macht keine Ausnahme. Velázquez nimmt daran teil als der, der er ist: Der Schloßmarschall, der malt. Er kehrt hinter der Staffelei nicht den Edelmann heraus, und fraglos nicht den Spitzendarsteller im »Schauspiel der Großartigkeit«, wie ihn Palomino der Nachwelt vorführen möchte. Sei es im Text über die spanisch-französischen Zeremonien auf der Fasaneninsel im Frühsommer 1660 oder im *»teatro de la grandeza«* des Madrider Hofalltags.

An der Maler*figur* in *La Familia* läßt sich gewiß Selbstinszenierung nachweisen, aber kein Stutzertum oder Anzeichen von hochfahrendem Wesen.

Die Überlebensgröße hat der Bildaufbau erfordert, der Autor teilt sie mit der *menina* seitlich der Infantin und den beiden Schemen der Hofleute aus dem Gefolge. Zugegeben: Was der Mann hinter der Staffelei auf dem Leib trägt, ist ein Seidengewand, kein Malerkittel. Andererseits malt *er* sich *ohne* Ordenskreuz: die Selbstsicht im höchsten Amt beweist keine Selbstgefälligkeit. Sein »falscher« Anzug ist vielmehr Fährte, er gibt einen notwendigen Wink zum Verständnis des Werkes. Wer es deuten will, muß der Szene ablesen, daß er *nicht* in ein Atelier hineinschaut und der Maler sich *nicht* beim Porträtieren zeigt. So erlaubt nicht einmal die Wahl seiner Hofgarderobe, ihm Standesbewußtsein nachzusagen. Geschweige Dünkel.

Wer vor *La Familia* hintritt, um das entschlüsselte Gemälde beim Wort zu nehmen, sieht überwiegend Verneinungen: Den Schloßmarschall in einem Palastsaal, wie er weitab hinter einer leeren Leinwand hervorschaut und *vorgibt* zu malen. Damit *posiert* er in seinem Doppelamt, aber *kämpft* er für Malerei oder Malerstand? In der Komposition findet sich leicht ein halbes Dutzend einleuchtenderer Gründe für seine Anwesenheit und das gezeigte Auftreten. In der Figur des Schloßmarschalls ist mit Sicherheit der Schöpfer gemeint, die Lesart vom Standesvertreter müßten andere Bilder stützen. An ihre Stelle setzt das Schrifttum die geläufigen Unterstellungen in den Königsporträts oder im Martínez Montañés-Bildnis, sonst läßt sich kein Faktum oder Gemälde anführen.

Im Gegenteil: Zug um Zug widerspricht das Erkennbare einem Bemühen, das die Kunst der anderen adeln oder allgemein den Stand befestigen möchte im Ansehen. Velázquez' Genius dient der Malkunst – jenseits der Regeln wie der Zunftbelange. Dem Einzelgänger mußten der Rangzwist der Hofmaler so fremd sein wie die Standesanliegen Pachecos oder Cardurchos. Ich sehe ihn keine Partei ergreifen noch paktieren mit der Malerschaft. Wie *er* sich einschätzen könnte, als das letzte Hofamt erreicht ist, zeigt seine Palastszene: Er sieht sich als Bediensteten des Königs, zusätzlich betraut mit den Bildnissen der Herrscherfamilie. Doch daß niemand seine Einstellung kennt, ist die einzige Gewißheit.

Er hat sich vermutlich in Abständen einspannen lassen und im übrigen eingesetzt für die eigenen Belange, aber als Spanier. Noch auf diesem Pfad scheint es, er sei nicht gradlinig vorgegangen und ohne inneren Drang. Kämpfen muß er erst um das Rittergewand. Die Jahre vorher waren höfisches Einerlei: Die Ämterpyramide zwang den Günstling, auf jeder Stufe neidische Angriffe abzuwehren, Herablassung zu ertragen oder versteckte Schikanen eines Vorgesetzten. In neuen Aufgabenbereichen mußte er sich durchsetzen, überall den Beschwerden Untergebener entgegentreten. Wenig verlautet über Alltag und

Querelen der Künstler im Alcázar, doch unterstelle ich für »den Sevillaner« einen Sonderstatus: Er gibt sich abweisend im Umgang, stützt sich zugleich umsichtig auf Hofrang, Dienstjahre, Ämtervielfalt, Mitspracherecht und überragendes Können. Auch der Gnade des Königs konnte er sich – über Wellenschlag und Untiefen hinweg – zeitlebens sicher fühlen. Seine Geistesschärfe erlaubt ihm, Vorrechte für sich einzurechnen: Sonderrechte, wie man sie zu seiner Zeit dem überragenden Künstler im Fürstendienst zubilligte. Er hat sie ausgenutzt, nicht eingefordert. Über Mangel an Achtung, Aufmerksamkeit oder Anerkennung zu klagen, den begünstigten Kollegen zu beneiden, ist die Arznei von mittelmäßigen Kunstangestellten. *Ich stelle mir vor*: Durch seine Posten besaß dieser Hofmann einen Freiraum, durch Charakter oder innere Kraft eine Schutzhülle. Überlegen ist er ohne viel Aufhebens für sich eingetreten, meist mit Erfolg. Im übrigen bleibt seine Selbstsicht undurchschaubar.

Alles Weitere ist Nachtrag: Den Hang zu Standesbewußtsein oder Titelsucht hat der Maler erst seit dem Tode erhalten. Zumeist von Malern. Der erste Schritt war, das einer von ihnen das Kreuz des Santiago-Ordens hinzutat an der Gestalt in *La Familia*. Wer im Bild den Maler betrachten will, sollte sich den Ritter wegdenken. Die zweite Stufe ist mit Palominos Lebensbeschreibung erreicht.[45] Anteilnahme an Statusfragen der Zunft hat der Biograph hineingetragen in Szene und Selbstbildnis, die *»Theologie der Malerei«* Luca Giordano, Großmannssucht letztlich Picasso. Es können kaum die Sorgen des Mittfünfzigers gewesen sein.

Unmöglich scheint mir ferner, der Bildgestalt den Interessenvertreter unterzuschieben. Ich höre ihn nicht sagen: »Ich bin an erster Stelle Maler« oder »Als Maler des Königs trete ich nachdrücklich für die Freiheit meiner Kunst ein«. Statt Lippenbekenntnisse abzulegen, hätte er sich gewitzt Freiheiten errungen, wie sie ihm seine Kunst ermöglichte *und* abverlangte.

Wer in Palastszene und Selbstbildnis ein Manifest für die Malerei unterstellt oder ein offenes Plädoyer für Zunftanliegen, vergißt im übrigen die Zurückhaltung. Von den Wesenszügen ist sie vor allen anderen bezeugt. Pacheco und Rubens haben sie überliefert, das Geschaffene bestätigt sie zweifach: Durch die Untertreibung in *eigenhändigen* Bildern, durch den chronischen Hang, »anonym« mitzuarbeiten in Werkstattbildern. Unter dem doppelten Gesichtspunkt würden in der Hofszene der Maler *hinter* der Staffelei und

---

[45] Durch die Andeutung, der König könnte es Velázquez möglicherweise selber aufgemalt haben, »zum Ansporn für die Lehrer dieser hochedlen Kunst«, macht Palomino sogar Philipp IV. zum Fürsprecher der Maler.

seine Gestalt, die sich dem ungemalten Bild im Bild *unterordnet*, zu einer Huldigung an die Malkunst.

Daß bis heute niemand *La Familia* seine Einstellung stimmig abzulesen vermochte, ergibt die erstaunliche Kehrseite des Auftretens. Die Bruchstelle erlaubt möglicherweise einen Blick auf den Urheber: Will er dem einzelnen für Begegnungen mit sich und seiner Kunst die Gratwanderung zwischen Schein und Realität aufzwingen, in die eine Annäherung notwendig ausläuft?

In der Palastszene ergänzt das Wechselspiel von Geheimnis und Realismus noch eine verblüffende Umkehrung: Velázquez, als er sich ein einziges Mal zu erkennen gibt, eindeutig *und* in seinen Hofämtern, verwehrt jeden Blick auf die übermannshohe Leinwand, hinter der er eben hervorkommt. Wie wenn die Ausnahme bewußt ein Widerwort wäre zum Schaffen, wo der Schöpfer mit jeder Komposition vordringt zu mehr »sichtbarer Wahrheit«. Sich zugleich beharrlich zurückzieht als Ausführender. Diesen Rückzug hinter die Bildobjekte oder die Helferschar der Werkstatt könnte – wieder gegenläufig – ein frischer gesellschaftlicher Ehrgeiz des Höflings begleiten. Am Lebensende hat sich sein Aufstieg nachweislich niedergeschlagen in den Äußerlichkeiten des Zeitgeschmacks, in Eleganz und Gebaren, Ämterhäufung und Ritterschaft. Doch die Alltagsrolle, wie er sie seiner Umwelt vorstellte oder vorspielte, ist nicht notwendigerweise in seinem Selbstporträt niedergelegt. Denkbar ist, der Sevillaner hat beim Verlassen seiner Dienstwohnung einfach eine Maske aufgesetzt – im Alcázar kann er nicht allein gewesen sein mit dieser Geste.

Der Schluß soll einen unvermuteten Charakterzug aufdecken: Wer Velázquez ausgeforscht hat, muß ihn einreihen unter die notorischen Aufrührer der bildenden Künste in Spanien – Greco, Goya, Gaudi, Picasso, Dali – als den verschwiegensten Rebell. Sein Werk, vom Eindruck her unaufdringlich und still, grenzt huldigend häufig an Rebellion, nicht selten streift es die Lästerung. Geprägt von jener hispanischen Kühnheit, die scheinbar sorglos die aufrührerischsten Themen anpackt: Sei es unter den unsichtbaren Augen der Inquisition oder dem starren Blick des Faschismus. Mit einem Wort, der Sevillaner ersinnt Schöpfungen, wie sie allein südlich der Pyrenäen gedeihen.

Zeittafel und Werkverzeichnis

Auswahl

(Angeführt sind die Eckdaten des Daseins und von den Werken die Gemälde in diesem Buch. Ferner Leinwände, soweit sie bislang unentdeckte Funde enthalten oder abweichend vom gängigen Schrifttum zugeordnet werden.)

1599 6.6.
In der Pfarrkirche San Pedro in Sevilla wird *Diego Rodríguez* getauft.
(Der Junge wird jedoch Diego Velázquez gerufen; so signiert er auch frühe Werke. Ab 1631 nimmt der Kammermaler in Madrid nach und nach *Diego de Silva Velázquez* an als endgültige Namensform. Bis dahin hat er wechselnde Zusammensetzungen verwendet, in denen der väterliche Familienname *Rodríguez* stets vermieden ist.)

1601 28.1.
Juan Rodríguez de Silva Velázquez wird in Sevilla getauft.

1602 1.6.
Juana Pacheco Ruíz wird in Sevilla getauft.

1605 8.4. (Karfreitag)
Philipp IV. als Prinz *Felipe Domingo* in Valladolid geboren.

1611 17. und 27.9.
Zwischen dem Vater Juan Rodríguez und dem Maler Francisco Pacheco (*1564) wird für *Diego Velázques* ein sechsjähriger Lehrvertrag abgeschlossen. Da er auf den 1. 12. des Vorjahres zurückdatiert ist, verkürzt sich diese Lehrzeit um ein Dreivierteljahr.

1617 14.3.
Velázquez legt in Sevilla die Meisterprüfung ab vor Francisco Pacheco und Juan de Uceda, als »Meister im Malen [Bemalen] von Heiligenbildern und Bildern in Öl und allem damit Verbundenen und Zugehörigen«.

1618 23.4.
In der Pfarrkirche San Miguel in Sevilla: Trauung von Diego Velázquez und Juana de Miranda, der Tochter Francisco Pachecos.

Werkverzeichnis (I)

Werke bis 1620 (Auswahl):

Anbetung der Weisen, 204 x 127 cm. (Museo Nacional del Prado) [datiert: 1617 oder 1619]

[1618] Interieur mit fünf Figuren oder »Christus im Hause Marthas und Marias«(?), 60 x 104 cm. (London, The National Gallery). *Im Nebenraum fehlt der Christusgestalt(?) ihr Heiligenschein.*

Unbefleckte Empfängnis, 135 x 102 cm. (London, The National Gallery)

Der Wasserträger von Sevilla, 107 x 81 cm. (London, Wellington Museum). *Der gezeigte ›aguador‹ ist vermutlich ein ›Wasserträger‹.*

Johannes auf Patmos, 136 x 103 cm. (London, The National Gallery). *Das Modell ist möglicherweise Velázquez' Bruder Juan; s. u.*

Zwei Männer nach dem Essen, 66 x 104 cm. (London, Wellington Museum). *Mit Doppelperspektive und unterschiedlichen Größenverhältnissen bei Modellen und Gegenständen.*

Die Köchin und der Junge, 101 x 120 cm. (Edinburgh, National Gallery of Scotland)

Jerónima de la Fuente, 162 x 105 cm. (Madrid, Colección Fernández de Araoz). *Originalaufnahme. Nachträglich von fremder Hand signiert: »Diego Velasquez f. 1620«]*

Jerónima de la Fuente, 160 x 110 cm. (Museo Nacional del Prado) [signiert: *Diego Velasquez f. 1620*]. *Replik, mit einem versteckt geänderten Kruzifix.*

Nicht von Velázquez:

Der Apostel Paulus (Barcelona, Museo Nacional d'Art de Catalunya) [mit Inschrift: SAN PABLO]

Velázquez und Werkstatt:

Drei Musikanten, 88 x 110 cm. (Berlin, Staatliche Museen – Preußischer Kulturbesitz, Gemäldegalerie Berlin). *Varierte Kopie(?), unter Mitarbeit von Velázquez: er malt den Kopf der Meerkatze, den Zinnteller mit Serviette und Brot.*

Der Apostel Petrus (La Coruña, Privatsammlung) [genannt »*Las lágrimas de San Pedro*« = Die Tränen St. Peters]

Die Jungfrau Maria und San Ildefonso (Sevilla, Ayuntamiento)

Cristóbal Suárez de Ribera, ca. 200 x 140 cm. (Sevilla, Museo de Bellas Artes). *Signiert mit Monogramm:* °(I)DVZ + 1620; *vermutlich eine Arbeit von **Juan** und **Diego** Velázquez.*

Zweifelhafte:

Der Apostel Thomas, 94 x 73 cm. (Orléans, Musée des Beaux-Arts) [mit Inschrift: SAN TOMAS]

1621 31.3.
Tod Philipps III., Thronbesteigung des fünfzehnjährigen Kronprinzen als Philipp IV.; Gaspar de Gúzman (*6.1.1587 in Rom), später Conde Duque de Olivares, wird erster Minister des Königs.

1622 In der zweiten Aprilhälfte reist Velázquez zum ersten Mal nach Madrid und in den Escorial: Er malt ein Porträt des Dichters Luis de Góngora y Argote; Bemühungen, den König zu porträtieren, scheitern (lt. Pacheco).

1623 Juan Velázquez lebt nach seiner Hochzeit mit María de la Cueva im Pfarrbezirk von San Lorenzo: Kinder des Paares werden in dieser Kirche in den Jahren 1625, 1627 und 1629 getauft.
Velázquez reist Anfang August das zweite Mal nach Madrid, vermutlich in Begleitung Pachecos. Er malt das [verlorene] Bildnis seines Gönners Juan de Fonseca, das im Madrider Palast herumgezeigt wird und ihm den Weg zum Königsporträt öffnet.
30.8.
Velázquez malt (oder beendet?) sein [verlorenes] erstes Porträt Philipps IV.
6.10.
Der Sevillaner wird an den Königshof berufen.

1625 Ein [verlorenes] Reiterbild des Königs in Lebensgröße vor einer Landschaft, von Velázquez, läßt Olivares in Madrid ausstellen, »unter der Bewunderung des ganzen Hofes und dem Neid derer von der Kunst, wovon ich Zeuge bin.« (Pacheco)

1626 19.10.
Velázquez schließt in Madrid einen Lehrvertrag ab mit der Mutter von Andrés de Briçuela, der für eine dreijährige Lehrzeit als Maler ins Haus kommt.

1627 Mit dem [verlorenen] Gemälde *Die Vertreibung der Morisken* gewinnt Velázquez einen Malwettstreit zum gleichnamigen Thema.
2.2.
In Madrid machen Diego und Juan Velázquez gemeinsam eine Eingabe zur Besteuerung mit der »Mehrwertsteuer« (*alcabala*).
7.3.
Ernennung zum königlichen Türhüter (*ugier de cámara*) und Vereidigung Velázquez'.
31.12.
Die spanische Regierung stellt Zahlungen an ihre Gläubigerbanken ein: Staatsbankrott.

1628 In der zweiten Septemberwoche trifft P. P. Rubens aus Brüssel in Madrid ein, als diplomatischer Geschäftsträger. Bis April 1629 malt er fünf Porträts und ein Reiterbildnis des Königs, die Köpfe der ganzen königlichen Familie, er kopiert alle vorhandenen Gemälde Tizians.

1629 28.6.
Velázquez erhält die schriftliche Erlaubnis, nach Italien zu reisen, seine Madrider Bezüge werden weitergezahlt.

10.8.
Die Reisegesellschaft um den Feldherrn Ambrogio Spínola (»Sieger von Breda«), zu der Velázquez gehört, segelt von Barcelona ab; Ankunft in Genua am 23.8.

1630 Während seines Aufenthalts in Rom lebt Velázquez erst im Vatikan, dann, ab Anfang Mai und bis in den Sommer, in der Villa Medici. Eine Krankheit zwingt ihn, diesen Wohnsitz aufzugeben.
Im Herbst reist Velázquez nach Neapel weiter: Er hat den Auftrag, die Infantin Doña María – die Schwester seines Königs – vor ihrer Heirat mit Ferdinand III. aufzunehmen (lt. Pacheco).

Werkverzeichnis (II)

Werke 1621 – 1630 (Auswahl):

Porträt eines jungen Mannes, 56 x 38 cm. (Museo Nacional del Prado). *Das Modell kann wieder Juan Velázquez sein.*

In Rom entstanden ...

Pavillon der Kleopatra-Ariadne: Gartenansicht aus der Villa Medici, 44 x 38 cm. (Museo Nacional del Prado)

Das Bacchusfest, 165 x 228 cm. (Museo Nacional del Prado) [genannt *Los Borrachos* = Die Trunkenbolde]

Grotto-Loggia-Fassade aus der Villa Medici, 48 x 43 cm. (Museo Nacional del Prado). *Beide Bilder stammen nachweisbar aus diesem Romaufenthalt.*

Christus an der Säule, betrauert von der christlichen Seele, 165 x 206 cm. (London, The National Gallery). *Mit einer versteckten Botschaft in den unterschiedlich dicken Seilen.*

Lt. Palomino außerdem:

Josephs Rock wird Jakob überbracht, 223 x 250 cm. (El Escorial, Monasterio). *Mit einer unentdeckten »Hommage à Rubens« aus »Das Urteil Salomos«.*

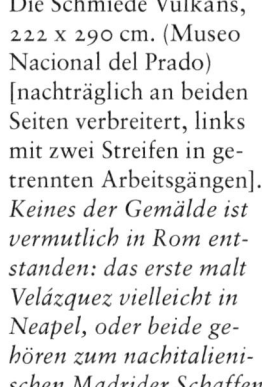

Die Schmiede Vulkans, 222 x 290 cm. (Museo Nacional del Prado) [nachträglich an beiden Seiten verbreitert, links mit zwei Streifen in getrennten Arbeitsgängen]. *Keines der Gemälde ist vermutlich in Rom entstanden: das erste malt Velázquez vielleicht in Neapel, oder beide gehören zum nachitalienischen Madrider Schaffen.*

Philipp IV., 200 x 103 cm. (New York, The Metropolitan Museum of Art). *(Nach einer) Originalfassung von anderer Hand. Gilt auch für Fassungen in Dallas und Boston.*

Velázquez und Werkstatt:

Bildnis eines jungen Mannes, 89 x 69 cm (München, Alte Pinakothek). *Nur Kopf und golilla von Velázquez; unvollendet.*

Conde Duque de Olivares, 206 x 105 cm. (São Paulo, Museo de Arte de São Paulo). *(Nach einer) Originalfassung von anderer Hand.*

Die Infantin María, Königin von Ungarn. 60 x 45 cm. (Museo Nacional del Prado). *Von Velázquez übergangene Werkstattkopie?*

Nicht von Velázquez:

Christus und die Jünger in Emmaus (New York, The Metropolitan Museum of Art)

Ein Bufón, genannt *Calabacillas* (Cleveland, The Cleveland Museum of Art)

Werkstattbilder oder Kopien:

Santa Rufina (London, Privatsammlung)

Luis de Góngora, 50 x 40 cm. (Boston, Museum of Fine Arts). *Nicht von Velázquez: Kopie des verlorenen Orginals*

Studie zu Apollos Kopf (New York, Privatsammlung)

1631 Nach einem längeren Aufenthalt in Neapel kehrt Velázquez Anfang des Jahres aus Italien nach Madrid zurück.
7.9.
Juan Velázquez stirbt in Sevilla, in seinem dreißigsten Lebensjahr.

1633 21.8.
Juan Bautista Martínez del Mazo und die vierzehnjährige Francisca Velázquez de Silva werden in Madrid getraut. Vermutlich war Mazo unmittelbar nach Velázquez' Rückkehr aus Italien als ausgebildeter Maler in das Atelier des Schwiegervaters eingetreten.

1634 30.1.
Velázquez erhält die Erlaubnis, das ihm 1627 verliehene Amt des »«königlichen Türhüters« auf seinen Schwiegersohn Mazo zu übertragen, als Mitgift seiner Tochter Francisca.
In verschiedenen Abschlagszahlungen werden Velázquez achtzehn eigene und fremde Bilder bezahlt. Neben Gemälden von Bassano und Tizian eigene Werke: *Josephs Rock* und *Die Vulkanschmiede*. Nicht näher bestimmt sind »*vier Landschaftsbildchen (cuatro paisitos)*«, zwei *bodegones* und fünf Blumenstücke, je ein Bildnis des Prinzen und der Königin.

1636 Velázquez wird zum Kammeradjutanten (*ayuda de guardaropa*) ernannt.
28.7.
In der anonymen Nachrichtensammlung *Noticias de Madrid* erscheint die Meldung, »man habe Velázquez zum ›ayuda de guarda ropa‹ Seiner Majestät gemacht, was vermuten ließe, er wolle eines Tages Hilfskämmerer werden und sich, nach dem Beispiele Tizians, ein [ritterliches] Ordensgewand anziehen.«

1639 26.5.
Datum eines Dankesschreibens des Kardinalinfanten Don Fernando an Philipp IV. für ein Bild des Prinzen Baltasar Carlos, das Velázquez gemalt haben soll. Aufschlußreich ist der Halbsatz: »... die Maler dieses Landes sind (noch) phlegmatischer als der Herr Velázquez ...«

Werkverzeichnis (III)

Werke 1631 – 1640 (Auswahl):

Philipp IV., 200 x 113 cm. [in Braun u. Silber mit einer Bittschrift, deren Text lautet: *Señor:/ Diego Velasquez / Pintor de V. mg.*] (London, The National Gallery). *Im Titel »Königsmaler« steckt ein Widersinn, im Bild eine von Velázquez ersonnene Charade, in die Philipp IV. vermutlich eigenweiht war.*

Juan Martínez Montañés, 111 x 88 cm. (Museo Nacional del Prado)

Die Krönung der Maria, 179 x 135 cm. (Museo Nacional del Prado)

Die Übergabe von Breda, 308 x 371 cm. (Museo Nacional del Prado)

Francesco I d'Este, 68 x 51 cm. [nachträglich beschnitten] (Modena, Galleria Estense). *Die spanische Kleidung des Italieners ist absichtlich falsch wiedergegeben in Schärpe und Orden.*

Äsop, 180 x 94 cm. (Museo Nacional del Prado)

Ein Bufón, der Kartenspieler. 108 x 84 cm. [genannt Francisco Lezcano, mit dem falschen Spitznamen *El niño de Vallecas* = Der Junge aus Vallecas] (Museo Nacional del Prado)

Velázquez und Werkstatt:

Antonia Ipeñarieta und ihr Söhnchen Luis Galdo 205 x 115 cm. (Museo Nacional del Prado). *Von Velázquez: die Züge der Mutter, die Glocke am Gürtel des Kindes.*

Damenbildnis, 123 x 99 cm. (Berlin, Staatliche Museen – Preußischer Kulturbesitz, Gemäldegalerie Berlin). *Die (rechts geänderten) Züge stammen ursprünglich von Velázquez.*

Philipp IV. als Jäger, 200 x 120 cm. (Museo Nacional del Prado). *Jägerrock, Flinte, Hund und Baum hat nicht Velázquez gemalt.*

Conde Duque de Olivares zu Pferde, 314 x 240 cm. (Museo Nacional del Prado). *Entstanden unter Mitarbeit von Velázquez.*

Philipp IV. als Jäger, 200 x 120 cm. (Castres, Musée Goya). *Variierte Wiederholung und (Teil-)Replik der Prado-Fassung.*

Conde Duque de Olivares zu Pferde, 125 x 101 cm. (New York, The Metropolitan Museum of Art). *Entstanden unter Mitarbeit von Velázquez.*

Der Kardinalinfant Don Fernando als Jäger, 191 x 108 cm. (Museo Nacional del Prado). *Entstanden unter Mitarbeit von Velázquez.*

Philipp IV. beim Saustechen, ca. 180 x 300 cm. (London, The National Gallery) [genannt *La tela real* = Das königliche Leinentuch] *Von Velázquez »versteckt« gemalt ist eine Anzahl Figuren in zweiter Reihe vor oder hinter dem Tücherzaun.*

Der Tritonenbrunnen in Aranjuez, 248 x 223 cm. (Museo Nacional del Prado). *Die Figuren aus Stein gemalt von Velázquez; die lebenden und der Park von Mazo(?).*

Ein unbekannter Bufón, mit dem Spitznamen *Don Juan de Austria*, 210 x 125 cm. (Museo Nacional del Prado). *Von Velázquez übergangen.*

Dreizehn Kavaliere in unterschiedlichen Gruppierungen (Paris, Musée du Louvre). *Den fünften Kavalier von links hat Velázquez gemalt, den vierten verändert und abgeschlossen; am rechten Bildrand gibt es eine angedeutete vierzehnte Figur.*

Pablo de Valladolid, 214 x 125 cm. (Museo Nacional del Prado). *Von Velázquez übergangen und beendet.*

Ein Bufón verkleidet als Philosoph, der studiert, 106 x 83 cm. (Museo Nacional del Prado) [irrtümlich(?) Don Diego de Acedo genannt oder *El Primo* nach dessen Spitznamen]. *Von Velázquez: Bücher und Schreibzeug; er übergeht Gesicht und Hände.*

Zweifelhafte:

Die Versuchung des Sankt Thomas von Aquin, 244 x 203 cm. (Orihuela, Museo Diocesano). *Möglicherweise ist der Autor Juan Velázquez.*

Antonio Alonso Pimentel, Conde de Benavente. 110 x 89 cm. (Museo Nacional del Prado). *Wegen des Haarschnitts in diesem Zeitraum entstanden, vermutlich unter Mitarbeit von Velázquez.*

Nicht von Velázquez:

Gaspar de Borja [Zeichnung] (Madrid, Academia de Bellas Artes San Fernando)

Brustbild eines Unbekannten (London, Wellington Museum). *Ein Werk aus späterer Zeit, irrtümlich genannt »Alonso Cano«.*

Werkstattbilder oder Kopien:

Prinz Baltasar Carlos in der Reitstunde, 144 x 97 cm. (London, Wallace Collection). *Nach einem verlorenen Original entstanden?*

Cristóbal Castañeda y Pernia, 200 x 122 cm. (Museo Nacional del Prado) [Spitzname: *Barbarroja*] *Unfertig, ohne Mitarbeit von Velázquez.*

1642 26.4.
Philipp IV. bricht inmitten eines ungeheuren Gefolges aus dem Madrider Schloß *Casa del Buen Retiro* nach Aragón auf, um bis September in der Nähe des katalanischen Kriegsschauplatzes zu sein. Möglicherweise muß Velázquez dem König im Sommer nachreisen.

1643 6.1.
Vereidigung des Kammermalers als Hilfskämmerer (*ayuda de cámara*) durch den Graf-Herzog: Wie vorher als Kammeradjutant des Königs erhält er die entsprechenden Bezüge, ohne die Tätigkeit auszuüben. Statt als Kammermaler arbeitet Velázquez die nächsten Jahre als Architekt und – auf den Reisen des Königs – als Hilfskämmerer.
17.1.
Philpp IV. enthebt den Conde Duque de Olivares aller Ämter.

1644 Seit dem 1.6. werden in Fraga verschiedene Vorbereitungen und Nebenarbeiten ausgeführt, damit Velázquez ein Bild des Königs ausführen kann.
10.8.
Das Königsbild aus Fraga wird in Madrid in der San-Martín-Kirche ausgestellt aus Anlaß einer Siegesfeier nach der Rückeroberung Léridas im Krieg gegen die Franzosen. Das Gemälde soll gleich mehrfach kopiert worden sein.
6.10.
Isabel von Bourbon, Philipps Gattin, stirbt in Madrid, kurz bevor der König aus Zaragoza zurückkehrt.
27.11.
Beerdigung von Francisco Pacheco in Sevilla.

1647 Mehrere königliche Verordnungen zwischen Ende Januar und Anfang März ernennen Velázquez zum »Aufsichtsbeamten und Zahlmeister der Arbeiten am ›Achteckigen Saal‹. Dieser Saal tritt an die Stelle des alten Turms hinter der Südfassade im Madrider Alcázar.

1648 In Wien wird Marianne von Österreich (*21.12.1634) ihrem Onkel Philipp IV. durch Stellvertretung vermählt.
25.11.
Datum einer Anweisung, nach der Velázquez für die Reise nach Italien eine Kutsche zu übergeben sei, »und ein zusätzliches Saumtier, um ein paar Bilder mitzuführen.« Der Maler reist dem Herzog von Maqueda y Nájera und seinem Gefolge nach: am 18. nach Málaga aufgebrochen, soll der Herzog in Trient die neue Königin abholen.

1649 7.10.
Trauung von Philipp IV. in zweiter Ehe mit Marianne von Österreich in Navalcarnero bei Madrid.

1650 Im Januar wird Velázquez in Rom in die Sankt-Lukas-Akademie (*Accademia di San Luca*) aufgenommen. Seit dem 13. Februar erfolgt seine Aufnahme in die römische *Congregazione dei Virtuosi al Pantheon*.
17.2.
Ein Brief Philipps IV. bittet seinen Gesandten in Rom, den Herzog del Infan-

tado, die Rückkehr des Velázquez zu beschleunigen, denn, so der König, »da Ihr sein Phlegma kennt«, soll der Empfänger dafür sorgen, daß der Kammermaler Ende Mai oder Anfang Juni ein Schiff nach Spanien nimmt.

19.3.
Das Bildnis *Juan de Pareja* wird im Pantheon in Rom öffentlich ausgestellt und gefeiert.

23.11.
In einem Notariatsakt schenkt Velázquez in Rom seinem »Sklaven« Juan de Pareja die Freiheit. Im Gegenzug verpflichtet sich Pareja, seinem Meister noch vier weitere Jahre zu dienen.

Werkverzeichnis (IV)

Werke 1641–1650 (Auswahl):

Philipp IV. in Fraga, 130 x 100 cm. (New York, Frick Collection). *In König Philipps Pose zitiert Velázquez zwei Anleihen: eine bei Van Dyck, eine bei sich im Martínez Montañés-Bildnis.*

Ein Bufón, 107 x 82 cm. (Museo Nacional del Prado). *In Fraga (?) gemalt. Möglicherweise ist Don Diego Acedo abgebildet, genannt El Primo. Der Kleinwüchsige heißt in den Werkverzeichnissen überwiegend Sebastián de Morra.*

Frau über einer Näharbeit, 74 x 60 cm. (Washington, D. C., National Gallery of Art). *Vermutlich ist Francisca de Silva das Modell: das Bild ist eine Vorstudie zu »Die Dame mit dem Fächer«.*

Dame mit dem Fächer, 95 x 70 cm. (London, Wallace Collection). *Das Gesicht ist willkürlich verändert in asymmetrischen Zügen.*

Venus und Cupido, 123 x 177 cm. (London, The National Gallery)

In Rom gemalt:

Innozenz X. (mit bürgerlichem Namen Giovanni Battista Pamphili), 49 x 42 cm. (Washington D. C., National Gallery of Art). *Brustbild; Velázquez' Originalaufnahme auf einer von fremder Hand benutzten Leinwand.*

Innozenz X., 140 x 120 cm. (Rom, Galleria Doria Pamphilj). *Das Blatt in der Linken des Modells ist nachträglich zweimal von anderer Hand mit dem Text und »Diego de Silva Velasquez« beschriftet.*

In Zusammenarbeit mit Pareja während des Romaufenthalts:

Juan de Pareja, 82 x 70 cm. (New York, The Metropolitan Museum of Art). *Anfangs ein Selbstporträt Parejas – von Velázquez übergangen und abgeschlossen.*

Camillo Massimi, 74 x 59 cm. (Kingston Lacy, The National Trust) *Angefangen (Augenpartie) von Velázquez; beendet von Juan de Pareja*

Innozenz X., 82 x 72 cm. (London, Wellington Museum). *Beendet oder gemalt von Juan de Pareja?*

Werkstattbilder:

Ansicht von Zaragoza, 181 x 331 cm. (Museo Nacional del Prado). *Gemalt von J. B. Martínez del Mazo unter Mitarbeit von Velázquez, an der Vedute und einzelnen Figuren auf beiden Flußseiten.*

Nicht von Velázquez:

»Selbstbildnis« (Valencia, Museo de Bellas Artes de Valencia)

»Selbst«bildnis (Florenz, Galleria degli Uffizi)

Weibliche Halbfigur (Dallas, Meadows Museum, Southern Methodist University). *Angeblich eine Muse oder Sibylle oder ...?*

Francisco Brandés de Abarca (New York(?), Privatsammlung)

Brustbild eines Bauernmädchens (Japan, Privatsammlung)

1651 23.6.
Datum eines Briefes, in dem Philipp IV. seinen römischen Gesandten, den Herzog del Infantado, von der Rückkehr des Velázquez nach Madrid berichtet.
12.7.
Geburt der Infantin Margarita María in Madrid.
Im Laufe des Sommers kommt in Rom vermutlich Velázquez' unehelicher Sohn Antonio zur Welt.

1652 16.2.
Um im Palast das Amt des Hofmarschalls neu zu besetzen, erhält der König eine Vorschlagliste: Vier Grafen und zwei Marqués unterbreiten die Namen von je vier Anwärtern. Velázquez wird fünfmal vorgeschlagen, nie an erster Stelle; auf vier der Listen ist er schlecht plaziert. Der König schreibt eigenhändig an den Rand: »*Nombro á Velazquez*« [Ich ernenne Velázquez].
8.3.
Velázquez, seit 1. März im neuen Amt, legt den Diensteid als Hofmarschall des Königs ab.
31.10.
Auf Ansuchen von Velázquez befiehlt das Kardinalvikariat in Rom der Witwe Marta [Montanini], daß sie Giovanni da Cordova den unehelichen Sohn des Malers übergibt.
13.11.
Nachdem Giovanni da Cordova vergeblich das Kind zurückverlangt hat, wird eine *Restitutio* ausgefertigt und der Pflegemutter Marta der Knabe Antonio, natürlicher Sohn von D. Didaci Silva Velasco, gewaltsam abgenommen.

1653 7.11.
Velázquez reicht beim Palastamt Beschwerde ein: An der Sperrkette, in der Nähe einer der Türen zur Küche des Königs, sei ungebührlicherweise ein »Schwarzer« aus dem Hofstaat der Königin als Wache aufgestellt, und »weil dies von großem Übelstand ist für die Schicklichkeit des Palastes«.

1655 21.8.
Ein Dekret des Königs teilt Diego Velázquez eine geräumige und bequeme Dienstwohnung in der *Casa del Tesoro* zu: dieser Anbau des alten Palastes lag hinter den Amtsstuben und Küchen, die an den Ostflügel des Alcázar stießen.

1656 Über das Jahr verteilt arbeitet Velázquez mehrere Monate lang an der Ausschmückung des Escorial weiter. Zugleich müßte er in Madrid seine Hauptwerke schaffen: *Die Fabel der Arachne* und *La Familia*.

1658 12.6.
Velázquez unterschreibt den nachstehenden Stammbaum, den er eigenhändig aufgesetzt hat.

Genealogie von Diego de Silva Velázquez

Seine Eltern:
Juan Rodríguez de Silva und seine Frau Jeronima Velázquez

Großeltern väterlicherseits: Großeltern mütterlicherseits:
Diego Rodríguez de Silva und Juan Velázquez und
seine Frau Maria Rodríguez seine Frau Catalina de Zayas

Diego de Silva Velázquez

1659 27.11.
Übergabe des Ordensgewandes an Velázquez in Madrid; sein Pate ist der Marquis von Malpica.

1660 8.4.–26.6.
Velázquez begleitet Philipp IV. auf der Reise nach San Sebastián, wo der König – auf der Fasaneninsel im Grenzfluß Bidasoa – am 7.6. die Infantin María Teresa als Braut an Ludwig XIV. übergibt.
3. 7.
Datum eines Velázquez-Briefes, in dem er dem Maler Diego Valentín Díaz in Valladolid die Rückkehr nach Madrid – am 26. Juni – und seinen guten Gesundheitszustand anzeigt.
Freitag, 6.8.
Velázquez stirbt am frühen Nachmittag in seiner Wohnung im Madrider Palast an einem »*heftigen Wechselfieber*«.
7.8.
Datum der Beerdigungseintragung in der Pfarrkirche St. Johannes-der-Täufer in Madrid: »... es starb in dieser Pfarre [...] D. Diego Velázquez, Ritter des Santiago-Ordens ...«
10.8.
Im Beisein von Juan Bautista Martínez del Mazo werden in Velázquez' Palastatelier, dem *Cuarto del Principe* amtlich die Wertgegenstände aufgenommen.
14.8.
Juana Pacheco de Velázquez stirbt in Madrid.
11., 17., 18. und 29.8.
Wegen eines Fehlbetrags in der Dienstkasse des Hofmarschalls wird sämtliches Eigentum des Ehepaares de Silva Velázquez beschlagnahmt und versiegelt. Zuvor ist amtlich ein Inventar aufgestellt für Einrichtungsgegenstände, Bilder, Bücher und Kleider: Es enthält sechshundertsechsundvierzig Positionen.

Werkverzeichnis (V)

Werke 1651–1660 (Auswahl):

Die Fabel der Arachne, 167 x 252 cm. (Museo Nacional del Prado) [genannt *Las Hilanderas (Die Spinnerinnen)*]. Nachträglich vergrößert auf 223 x 293 cm.

Königin Mariana, 234 x 132 cm. (Museo Nacional del Prado). *Fremde Mitarbeit in der Frisur etc.; nachträglich vergrößert.*

Die Familie Philipps IV., *La Familia*. 318 x 276 cm. (Museo Nacional del Prado) [genannt *Las Meninas* = Die Hoffräulein]

Königin Mariana, 209 x 125 cm. (Paris, Musée du Louvre). *Velázquez hat u. a. das Gesicht gemalt (als Aufnahme?), die linke Hand mit Schleife und Armreif.*

Prinz Philipp Prosper, 129 x 100 cm. (Wien, Kunsthistorisches Museum). *Es ist das einzige ganz eigenhändige Velázquez-Porträt seit dem Papstbildnis.*

Infantin María Teresa, 127 x 99 cm. (Wien, Kunsthistorisches Museum). *In den Zügen gibt es spätere Eingriffe, mit »Verschönerungen« bei Augen und Mund: Damit liegt das Gesicht außerhalb des Velázquezschen Frauenporträts.*

Merkur und Argos, 128 x 250 cm. (Museo Nacional del Prado)

Infantin María Teresa, 127 x 98 cm. (Boston, Museum of Fine Arts). *Eine (Teil-)Replik der Wiener Fassung in Kleid und Uhren.*

Velázquez und Werkstatt:

Infantin María Teresa, 49 x 37 cm. (New York, The Metropolitan Museum of Art, Robert Lehmann Collection). *Nur das Gesicht ist von Velázquez gemalt.*

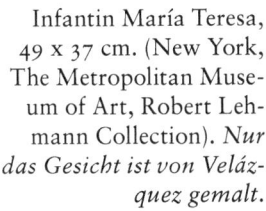

Infantin María Teresa, 72 x 61 cm. (Paris, Musée du Louvre). *Velázquez hat das Gesicht übergangen und beendet.*

Infantin Margarita María, 129 x 100 cm. (Wien, Kunsthistorisches Museum). [Im rosa Kleid] *Fremde Mitarbeit (von Mazo?) in Kopf, Kleid und Teppich; Velázquez hat den Blumenstrauß (nur) hinzugemalt, um abzulenken von Mazos ungeschickter Plazierung des Modells.*

Infantin Margarita María, 105 x 88 cm. (Wien, Kunsthistorisches Museum). [Im weißen Kleid] *Mit Vorarbeiten und Bildzubehör (Vorhang, Sessel) von fremder Hand.*

Königin Mariana, 47 x 43 cm. (Dallas, Meadows Museum, Southern Methodist University). *Die Frisur und ihr Schmuck sind nicht von Velázquez.*

Königin Mariana, 65 x 55 cm. (Barcelona, Fundación Colección Thyssen-Bornemisza). *Velázquez hat einzig die Augenpartie gemalt.*

Philipp IV., 69 x 56 cm. (Museo Nacional del Prado). *Frisur und Bart von anderer Hand, gemalt von Mazo?*

Philipp IV., 64 x 54 cm. (London, The National Gallery). *Nur Frisur und Bart von Velázquez.*

Philipp IV., 47 x 38 cm. (Wien, Kunsthistorisches Museum). [Beschnitten und wieder ergänzt.] *Velázquez hat seine Fassung (Prado) kopiert, Frisur und Bart sind von unbekannter Hand.*

Infantin Margarita María, 70 x 58 cm (Paris, Musée du Louvre). [Mit einem Amulett auf der Schulter.] *Das Gesicht ist von Velázquez, der u. a. auch die Armbeugen übermalt und beendet hat.*

Infantin Margarita María, 127 x 107 cm. (Wien, Kunsthistorisches Museum). [Im blauen Kleid] *Mit späteren Eingriffen. Unerklärlicherweise hat das Modell hier blaue Augen.*

Infantin Margarita María, 212 x 147 cm. (Museo Nacional del Prado). [In Rot und Silber; nachträglich angestückt.] *Den Reifrock hat Velázquez gemalt, den Oberkörper, das Gesicht und dessen spätere (Teil)Übermalung vermutlich Mazo.*

Werkverzeichnis (Nachtrag)

Velázquez und Werkstatt:

Mit ungeklärtem Entstehungsdatum

Demokrit oder Der Geograph, 101 x 81 cm. (Rouen, Musée des Beaux-Arts). *Entstanden nach 1651? Als ›Velázquez‹ besteht das Porträt allein aus einer (übermalten) Partie beim rechten Auge.*

Unbekannter Santiagoritter, 67 x 56 cm. (Dresden, Staatliche Kunstsammlungen, Gemäldegalerie Alter Meister). *Entstehen und Mitarbeit von Velázquez wie im Demokrit?*

Philipp IV. im gelben Lederkoller, 205 x 117 cm. (Sarasota, The J. & M. Ringling Museum). *Entstanden nach 1651? Velázquez arbeitet mit an einem nachträglichen Jugendbildnis Philipps IV., das er in einem zweiten Arbeitsgang mitübermalt.*

Zweifelhaft in Urheberschaft und Herkunft

Pedro de Barberana(?), 199 x 112 cm. (Fort Worth, Kimbell Art Museum). *Der Kopf ist kein Velázquez-Porträt. Ferner gibt es (falsche) Übernahmen: im Hut und den Ordenszeichen, in der Pose mit Beinen, linker Hand und Degen.*

Nicht von Velázquez:

Mann mit einem Weinglas (Toledo OH, Museum of Art)

1661   19.4.
Als Amtsnachfolger Velázquez' wird Martínez del Mazo zum Kammermaler ernannt.

1665   3.3.
In einem Dekret erläßt der König Velázquez' Erben den halben Fehlbetrag, den der Tote der Krone schuldete.
17.9.
Tod Philipps IV. in Madrid. Der vierjährige Infant Don Carlos wird König von Spanien (bis 1700).